Arno Camenisch

Die Welt

ROMAN

Diogenes

Covermotiv: Gemälde von Koen van den Broek, ›Mach 1‹, 2016,
oil on canvas, 150 x 100 cm

Der Diogenes Verlag wird vom Bundesamt für Kultur
für die Jahre 2021–2024 unterstützt

www.diogenes.ch
180/22/44/1
ISBN 978 3 257 07220 4

1

Die Welt hatte sich verändert. Es war Januar, und ich stand auf der Terrasse meiner Wohnung und schaute über den See. Ein kräftiger Wind ging an diesem Morgen, der Wind kam aus dem Osten, und in der Hand hielt ich eine Tasse Kaffee. Ich hatte einen dicken Mantel an und hatte keine Ahnung, was kommen würde, alles war ungewiss, die Welt war im Aufbruch. Ich war bald 44, in der Mitte des Lebens. Ich mochte den Januar, und ich mochte vor allem die Klarheit der Tage im Januar. So klar waren die Tage nur im Januar. Ich hielt den Mantel am Hals zu, und wenn man die Augen zumachte, hörte sich der See an diesem Tag an wie das Meer, und ich dachte an Santiago, wie er am Meer stand und übers Meer schaute, mit seinem alten Gesicht und den jungen Augen, nachdem er während 84 Tagen nichts gefangen hatte und dann in See stach. Ich sah ihn da stehen am Meer und sah ihn dann ins Boot steigen und übers Meer gleiten. Der alte Mann, der da übers Meer fuhr, würde nicht mehr zurückkommen, es kam ein anderer zurück. Und ich dachte an das Jahr 2003 zurück, es war das Jahr, in dem sich alles änderte.

Angefangen hatte alles jedoch bereits zwei Jahre zuvor, im Sommer 2001. Wir hatten den Millennium-Crash überstanden und waren gesund und vielleicht etwas verkatert im neuen Jahrtausend angekommen, und das entgegen der Aussagen einiger Experten, die die Welt am Ende sahen. Aber die Welt hatte sich einfach weitergedreht wie sonst auch. Während Monaten hatte der Millennium-Crash die Welt in Atem gehalten, die Menschheit befürchtete, der Himmel würde ihr auf den Kopf fallen, Chaos und Tod und Bürgerkriege würden ausbrechen, das war die große Angst und dass wir mit einem Streich zurück in der Steinzeit wären. Dies alles traf nicht ein, und bereits ein paar Wochen nach der Jahrtausendwende sprach niemand mehr vom Millennium-Crash, der uns so lange beschäftigt hatte. Nach der Ausbildung hatte ich zwei Jahre gearbeitet, dann wurde mir eine Stelle über fünf Jahre angeboten, es sollte eine leitende Stelle sein, mein Leben wäre also in Silber gegossen gewesen, und das schreckte mich ab, ich war dreiundzwanzig und die Vorstellung, das Leben bis dreißig bereits durchgeplant zu haben, kam mir einem Gefängnis gleich. Ich lehnte das Angebot ab, kündigte meine Stelle, gab meine Wohnung auf und verscherbelte mein Auto, was übrig blieb, war ein Gepäckstück und das Geld, das ich während der zwei Jahre, die ich gearbeitet hatte, auf die Seite gelegt hatte. Kurz darauf saß ich im Flugzeug nach Hongkong und kam mit einem gewaltigen Jetlag an, aber erleichtert, alles stehengelassen zu haben. Das war der Sommer 2001, ich war dann dreiundzwanzig und war hungrig, ich wollte diese Welt sehen, ich wollte da raus und sie mir reinziehen, die Vorstellung, festgenagelt zu sein für die nächsten Jahre löste bei mir genau das Gegenteil aus, ich hasste es, eingesperrt zu sein, ich hasste es aufs Blut.

Ich fuhr vom Flughafen in Hongkong mit der Bahn in die Stadt, die Kräne vom Hafen zogen vor dem Fenster vorbei, die Sonne stand tief, wir waren am Abend gelandet, und ich dachte daran, wie sehr ich das Militär gehasst hatte, und konnte in diesem Moment nicht mehr verstehen, warum ich das überhaupt mitgemacht hatte. Aber dann ignorierst du alle Anzeichen und schaust darüber hinweg und redest dir ein, das werde auch vergehen, und dann geht man halt, kurz: Ich scherte mich nicht darum, bis ich schließlich aufgeboten wurde und mir keine Wahl blieb, sodass ich mich den Sommer darauf vor der Kaserne in Airolo befand, vor dir ein paar Monate, in denen man in diesem Gefüge gefangen war. Ich habe nichts mehr auf dieser Welt so sehr gehasst wie das Militär, und wenn es den Affen dort vorne gefiel, ließen sie dich die Übung zwanzig Mal wiederholen, da gab es offenbar keine Grenzen, und wenn du widersprachst, musstest du die Gasmaske tragen, damit man nicht mehr verstand, was du sagtest. Heute hätte ich für all das ein Lächeln übriggehabt, aber mit zwanzig oder einundzwanzig lässt man sich noch davon beeindrucken. Sodass ich schaute, so lange wie nur möglich unter dem Radar zu fliegen. Im Militär gibt es eine ganz einfache Regel, und das war nicht aufzufallen. Denn es gibt keinen anderen Weg da raus als abzuwarten, bis es vorbei war. Du bist nicht zuhinterst, und auch nicht zuvorderst. Du machst nur, was dir gesagt wird, und zeigst keine Initiative, und du widersprichst nicht, denn sobald du widersprichst, bist du auf dem Radar, du setzt dich bei den Theorieteilen nie in die letzte Reihe, sondern in die drittletzte, und nicht zuäußerst, und auch nicht in die Mitte. Im Militär ging es also darum, den toten Winkel zu finden, wo man dich nicht sieht, und darin war ich gut. Ich flog während Wochen unter dem Radar, ohne dass die sich auch nur meinen

Namen hätten merken können. Das war der einzige Weg, um aus dieser Situation rauszukommen. Und danach, als ich ins Ausland reiste, schmiss ich den ganzen Plunder weg, für mich war klar, dass ich da nie mehr antraben würde.

Das Militär hatte eine gute Sache, und das war das Gefühl der Ohnmacht, das ich dadurch erlebt hatte, das Gefühl, gefangen zu sein in diesen Strukturen, ich wusste nun also, wie sich so was anfühlen würde, und ich wusste nur zu genau, dass ich es nicht noch einmal so weit würde kommen lassen. Das war ich mir schuldig. Du musst deinem Wesen treu bleiben. Verbiegst du dich, holt dich das ein, das ist ein Bumerang, und wenn es dich einholt, haut es dich um, so viel war sicher. Wie gut mein Flug unter dem Radar gewesen war, sollte sich Jahre später zeigen, als ich mit einer Frau im Bett war und wir nach dem Sex auf dem Rücken lagen und an die Decke schauten. Sie hatte uns über zehn Jahre zuvor mit drei Freundinnen besucht, als wir im Militär waren. Wir hatten Ausgang und waren mit ihnen in eine Bar gegangen und hatten den Abend dort verbracht, bevor wir um elf wieder reinmussten, und als ich in der Nacht im Bett viele Jahre später jenen Abend im Ausgang mit ihnen erwähnte, war sie erstaunt, sie konnte sich nicht daran erinnern, dass ich dabei gewesen war. Ich war für sie unsichtbar gewesen, und vermutlich noch für viele andere in dieser Zeit. Ich flog unter dem Radar.

Ich erreichte Hongkong und fuhr weiter nach Kowloon, einem Stadtteil von Hongkong, wo sich die Hochhäuser in den Himmel strecken, von Hongkong bekam ich nicht viel mit, die Stadt war überwältigend, und zu intensiv waren die Gerüche und die Eindrücke und der Verkehr und die Leuchtreklamen, ich würde Jahre später nochmals nach Hongkong zurückkommen, dann würde ich mehr von der Stadt und ihrem Puls mitbekommen, aber beim ersten Mal blieb mir außer ein paar gewaltigen Bildern wenig hängen, ich hatte kaum geschlafen auf der Reise, ich flog nicht gerne, ich hatte Höhenangst und auch Flugangst, und ich würde deswegen kein Auge zumachen können auf dem Flug, egal wie nett das Personal war, ich bekam kein Auge zu. Umso heftiger war der Jetlag in Hongkong, wo ich nicht lange blieb, nach wenigen Tagen bereits zog ich weiter nach Perth, das mir mäßig gefiel und wo ich mir ein Grammatikbuch kaufte. Das trug ich für die nächsten paar Monate mit mir herum. Über Broome reiste ich im Bus weiter die Westküste hoch in den Norden und landete irgendwann in Cairns, das mir schon besser gefiel. Inzwischen waren einige Wochen vergangen, und als ich in Brisbane eintraf, kam ich dem Ganzen schon näher. Da blieb ich länger. Brisbane gefiel mir, es war keine Perle wie die Vorzeigestädte, aber umso ehrlicher. Es war nur das, was es war. Und das sind die interessanten Städte. Die geben nie vor, etwas zu sein, das sie nicht sind. Die interessanten Städte sind widersprüchlich, und Brisbane war eine Millionenstadt, die Größe und Kraft solcher Städte hat mich schon immer fasziniert. Man spürt dem Ort seine Größe an, dafür musst du keine Rundfahrten machen, eine Stadt pulsiert, sie hat einen Drive und einen Rhythmus. Jahre später sollte ich in China eine längere Tour machen, während der ich für einige Tage in Shenzhen war, einer Stadt, die dreißig Jahre zuvor noch aus ein paar Dörfern bestand und aus dem Nichts in eine Millionenstadt verwandelt wurde. Es war eine Stadt ohne Gesicht und ohne Geschichte. Man spürte die Leere, diese Stadt hatte keine Seele. Ich zählte die Tage, bis ich da wieder verschwinden konnte, so eine Stadt nimmt dich aus.

Australien war der erste zaghafte Versuch eines Ausbruchs, es war nicht so, dass diese Zeit sonderlich ereignisreich gewesen wäre, die Tage wurden zu Nächten, das Leben fand insbesondere in der Nacht statt, Konzerte und Alkohol und Liebschaften, so ließe sich diese Zeit zusammenfassen, wir tranken ziemlich viel und waren bis in die Morgenstunden in den Bars unterwegs, und am nächsten Tag ging es gleich weiter, wir waren im neuen Jahrtausend angekommen, eine Aufbruchstimmung hatte sich über die Welt gelegt wie ein feiner Glanz. Und am Morgen gingen die Surfer mit ihren Brettern raus aufs Meer auf die Wellen, jeder Tag war wieder von Neuem Sommer, wir feierten weiter, es gab keine Verpflichtungen, und es kümmerte niemanden, wenn man erst am Nachmittag aufstand. Ich lebte in den Tag hinein, aß irgendwelches Fast Food oder Sandwiches und traf jede Menge Menschen, hin und wieder schlief man mit jemandem ein, und hin und wieder schlief man auch alleine ein, wen kümmerte das schon. Als ich ein Jahr später nach Hause zurückkehrte, war ich jedenfalls pleite.

Eigentlich wollte ich nach San Francisco, flog aber dann in die andere Richtung über Hongkong und landete eben in Brisbane. Wäre ich nach San Francisco, wäre ich nach zwei Monaten wieder zurück gewesen, ich wollte ein Jahr unterwegs sein, und San Francisco war mir zu teuer, ich wäre nach zwei

Monaten bereits ausgeschossen gewesen. Ich hatte also ein Diplom in der Tasche, war im Militär gewesen, das ich verachtet hatte, hatte zwei Jahre gearbeitet und anschließend das Angebot ausgeschlagen, es war mir alles zu eng, und landete mit einem Gepäckstück, etwas Cash in der Tasche und ein paar Travelers Cheques, so hießen die glaube ich, und Geld für ein Jahr auf dem Konto in Hongkong und stand am Hafen und schaute über die Kräne vom Hafen, das Licht zog über die Stadt, die Kräne am Hafen sahen aus wie riesige Stühle, als stünden sie bereit für die Großen dieser Welt, die hinter den Hügeln warteten und in der Dämmerung, wenn sich das Leben in die Gassen und Straßen mit ihren Leuchtreklamen verlegte, rauskamen und sich auf die Stühle setzten und über das Meer schauten und sich hin und wieder ansahen und nickten.

Hongkong war aufregend, es war aufregend, da zu sein, bereits die Tatsache, keinen Plan zu haben, war aufregend. War ich unterwegs, hatte ich keine Pläne, ich hatte keine Route, ich kannte lediglich das Endziel, und das war in diesem Moment Brisbane. Es sollte noch öfters so sein, dass ich dem Instinkt folgte, etwas fühlte sich richtig an oder nicht. Darauf habe ich immer viel gegeben, auch später im Leben, machten andere einen klaren Plan und überlegten sich, was dafürsprach und was nicht, was dagegensprach und was nicht, und sich das lang und breit im Kopf überlegten, machte ich das alles nicht. Ich entschied alles schnell und aus dem Gefühl heraus. Ich vertraute auf den inneren Kompass. Und dann stand ich in Broome, einer kleinen, verschlafenen Stadt an der Westküste Australiens, wo es ein paar Häuser gab, ein Einkaufszentrum, riesige Strände und viel Wind, dann stand ich da und schaute über das Meer hinweg wie Santiago, bevor er in See stach. Die Sonne glitzerte auf der Meeresoberfläche, und die Wellen schlugen auf. Das Schöne an dieser Zeit war die Tatsache, dass man nichts musste, ich hatte keinen Plan, ich hatte keine Verpflichtungen und keine Seilschaften, und ich hatte auch keine Ahnung, wie es danach weitergehen würde, ich stand also da und schaute über das Meer, in der Tasche hatte ich das Grammatikbuch, das ich in Perth gekauft hatte und in dem ich hin und wieder blätterte, und schaute über diese endlose Weite, es war das erste Mal in meinem Leben, dass ich einfach da war an diesem Strand und mir bewusst wurde, dass ich nichts musste. Das war befreiend. Ich hatte nicht mal ein Handy, noch bevor ich losgezogen war, hatte ich das Handy in der Hand gehabt, eine Sekunde innegehalten und dann das Handy ausgeschaltet und dagelassen und war ohne Handy losgereist. Das war eine gute Entscheidung. Würde ich ein Jahr später das Handy wieder einschalten, schneiten ein paar Nachrichten rein, die längstens dem Alten angehörten, wenn du gehst, kommt ein anderer zurück. Diese Nachrichten waren nicht an mich adressiert, die waren für den, der gegangen war, aber nicht für den, der kam.

2

In Broome setzte ich mich in ein Kino, das unter freiem Himmel war und wo man auf Strandstühlen saß, der Sternenhimmel lag in seiner ganzen Größe über dem Land ausgebreitet, und ich schaute mir den Film *Moulin Rouge* an. Das war einer der schönsten Momente auf dem Kontinent. Und als ich da saß, Nicole Kidman hatte auf der Leinwand einen schönen Part gespielt, sie war in ihrer Rolle aufgeblüht, blieb ich im Strandstuhl sitzen und lehnte den Kopf nach hinten, ich schaute in den Sternenhimmel hoch und überlegte mir, wo ich nun wäre, wäre ich nach San Francisco gereist. Das Leben wäre ganz ein anderes geworden, du hättest andere Leute getroffen, du wärst andere Wege gegangen, und vielleicht wäre man hängengeblieben, hätte sich entschieden, dortzubleiben und hätte verlängert, hätte einen Job angenommen, um über die Runden zu kommen, hätte ein Studium angefangen und sein Leben dort aufgebaut, wer weiß das schon so genau. In jenen Jahren schien einem alles offenzustehen, wenn du dreiundzwanzig bist und weit weg von daheim, losgelöst vom Gefüge und den Strukturen, in die du hineingeboren wurdest, die Zeit auf deiner Seite ist und du davon so viel hast, dass man es verschwenden könnte, und du nicht getrieben bist von Sachen, die du machen müsstest, und von dem, was auch noch sein müsste, keine Mails dich durch die Tage jagen und keine Leute, die auch noch etwas von dir wollen, dann kommst du das erste Mal in deinem Leben dazu, das Leben von einer anderen Seite aus zu betrachten. Du denkst anders über das Leben nach. Das war für mich diese Zeit. Und die war wichtig. Es lüftet dir den Kopf durch. Das erste Mal überhaupt musst du nichts, rein gar nichts.

Ich mochte dieses Leben, es war unkompliziert und pragmatisch. Und es war ein sorgenfreies Leben. Wenn man schlief, dann schlief man, wenn man aß, dann aß man, und wenn man ausging, ging man aus. So unbeschwert wie dann sollte das Leben nie mehr werden. Und alles, was man hatte, passte in ein Gepäckstück. Das ist eine Kunst für sich, und so war ich während eines Jahres unterwegs. Ein Handy hatte ich nicht, wollte ich nach Hause telefonieren, stand da eine Telefonkabine, und eine E-Mail-Adresse hatte ich, das gab es noch nicht so lange, E-Mail war relativ neu, das Internet steckte noch in den Anfängen. So reiste ich für ein Jahr durch die Welt, alle Strukturen, die ich hatte, waren aufgelöst, manchmal war dieses Leben auch langweilig, aber das nahm ich in Kauf, niemand hatte mir versprochen, es werde nicht langweilig, und manchmal fehlten mir meine Leute, aber auch das wusste ich im Voraus. Du warst auf dich alleine gestellt. Ich sollte auch später stets darum bemüht sein, das Leben so einfach wie nur möglich zu halten und den direkten Weg zu nehmen. Ich hasste es, wenn etwas umständlich wurde. Das war nie ein gutes Zeichen. Sobald etwas kompliziert wurde, hinterfragte ich es, das war immer ein Zeichen dafür, dass es nicht stimmte. Damit spart man Zeit, und Zeit sollte das größte Gut sein in einer Welt, die sich stets schneller dreht. So hatte ich Zeit zum Verschwenden, es kümmerte niemanden, ob man aufstand oder nicht, was man aß und wie man sich kleidete. Ich war komplett frei. Mein Grammatikbuch hatte ich dabei, aus dem schlichten Grund, weil es mich interessierte. Darin las ich hin und wieder ein paar Seiten, wenn ich in einem Strandstuhl saß, und vielleicht schlief ich dabei ein, auch das kümmerte niemanden, aber es gab ein schönes Bild ab, ein junger Mann in einem Strandstuhl mit einem Grammatikbuch auf dem Schoß. Erst in diesem Vakuum findet man zu dem, der man ist.

Es sind die Schlaufen, die man macht, und die Kreise, die man zieht, ich hatte da eine gute Zeit, hatte ein paar schöne Sachen gesehen, ein paar schöne Orte, ein paar schöne Nächte verbracht und ein paar lustige Abende, und vor allem hatte ich verdammt viel Zeit. Ich reiste im Bus, am Busterminal löste man ein Ticket, Online-Booking gab es noch nicht, das Internet steckte noch in den Kinderschuhen, man hatte zwar eine Mail-Adresse, die man jede Woche mal in einem Internet-Café aufrief für ein oder zwei Dollar, aber die Bustickets besorgte man am Busterminal oder buchte telefonisch. Heute würde ich es anders machen, ich würde mir ein Auto kaufen und damit durchs Land fahren, eine schöne alte Kiste würde ich mir kaufen, vielleicht eine alte amerikanische Karre, und nach dem halben Jahr wieder verscherbeln. Das hätte mir mehr entsprochen, ich war nicht gerne im Bus unterwegs, die Strecken kamen mir ewig vor, und während ich so unterwegs war über den Kontinent, hatte ich keine Ahnung davon, was zu Hause los war, ich las keine Zeitungen und die Schweiz war für mich sehr weit weg, ich wollte Abstand und hatte ihn auch, und aus der Distanz gesehen war das Daheim gerade sehr weit weg, und die kleinen Sorgen, die einen noch Wochen zuvor umgetrieben hatten, waren lediglich Staub im Wind geworden.

Und während die Landschaft hinter der Fensterscheibe vom Bus vorbeizog und ich auf dem Weg der Küste entlang hinauf in den Norden des Kontinents war, konnte man sich gar nicht vorstellen, dass es eine Zeit geben würde, wo das Unterwegssein nicht mehr unbeschwert sein würde, wo das Reisen eingeschränkt wäre und wir überall auf der Welt lokalisierbar sein würden, daran dachte ich, als ich an diesem klaren Morgen im Januar auf der Terrasse meiner Wohnung stand und über den See schaute. Niemand wusste, wo man war, und das liebte ich. Das hatte etwas sehr Befreiendes. Diese Zeit kam nicht wieder. Wie einzigartig diese Zeit war, würde ich erst zwanzig Jahre später in seiner Gänze erfassen, nachdem man zwei Jahre eingeschränkt gewesen und das Reisen nur noch mit Nachweis möglich war.

Ob diese Zeit wiederkommen würde, in der man unbeschwert und ohne Nachweis würde reisen können, das wussten wir nicht, es blieb alles im Ungewissen, was für eine Welt wir morgen hatten, das konnte niemand voraussehen. Es blieb die Erinnerung an das Gefühl, wenn man unterwegs war und sich keine Gedanken machen musste. Ich sollte Jahre später, als ich in Spanien lebte, gerne im Auto unterwegs durch Europa sein und die meisten Länder besuchen, wie beweglich wir damals waren, das blieb als Erinnerung, und es blieb die Hoffnung, dass wir dort wieder ankommen würden. War in der Kindheit das Reisen noch mit Passkontrollen verbunden, waren die Grenzen plötzlich offen, es gab keine Grenzkontrollen mehr, es gab keine Fragen der Zöllner, man fuhr die Straße hoch wie an diesem Tag über den Splügenpass und erreichte die Grenze und fuhr einfach weiter über den Pass, zum Mittagessen konnte man nach Italien, dafür war es nicht nötig, Geld zu wechseln und auch nicht mehr nötig, irgendwelche Belege vorzuzeigen. Wie schön sich das anfühlte, daran blieb die Erinnerung. Ich fand es bereits aufregend, als man plötzlich nicht mehr Geld wechseln musste, war es davor noch nötig, Franken in Schilling zu wechseln, wenn man nach Österreich fuhr, oder bekam man für ein paar Franken ein paar Tausend Lire, wenn man nach Italien fuhr, war auch das einfacher geworden durch den Euro. Das war ein gutes Gefühl, und die Zeit, in der man im Kopf den Wechselkurs berechnete, bevor man bezahlte, um zu wissen, wie viel das in Franken kosten würde, war vorbei.

Als ich aufbrach nach Hongkong, waren das die Jahre des Umbruchs, die Welt veränderte sich auch durch die technologische Revolution. Bereits in meiner Kindheit waren die ersten Computer aufgekommen, es gab Mitschüler, die einen Commodore hatten und darauf Spiele spielten, »Olympic Games« oder »Winter Games« hießen diese Spiele, bei dem ein Strichmännchen über eine Sprungschanze fuhr, dafür brauchte es Disketten, das waren die 80er-Jahre, und wenn man sich verabreden wollte, rief man einfach an, und das war verbindlich, Handys gab es noch nicht, würde ich das meiner Tochter später erzählen, würde sie mich mit großen Augen anschauen, dabei war das nicht viele Jahre her, dass wir Handys hatten, und auch das Internet war erst wenige Jahre zuvor aufgekommen, plötzlich sprachen alle davon, als ich sechzehn war, und ich erinnere mich noch, wie ernüchtert ich gewesen war, als ich das erste Mal im Internet war, das war in einer Physikstunde, und der Lehrer hatte eine Webseite eines Physikinstituts an die Wand projiziert und fuhr mit der Maus über die Tabellen, die aufgerufen wurden, das war es also, dieses Internet, von dem alle sprachen, es steckte noch in seinen Anfängen, und bald hatten die Ersten eine Mailadresse, darauf war man stolz. Was da gerade passierte, wie sich die Welt ins Netz verlagerte und wandelte, das bekamen wir in der Jugend eins zu eins mit, das war die Zeit vor der Jahrtausendwende, wie sehr sich die Welt dadurch verändern sollte, davon hatte man noch keine Ahnung. Es gab Leute, die davon sprachen, wie sich alles ins Netz verlagern würde, aber noch war man etwas skeptisch dem gegenüber, wie man auch den Ersten gegenüber skeptisch war, die ein Handy hatten. Wir beobachteten das mit etwas Erstaunen. Die Welt war im Aufbruch.

Eigentlich wollte ich nach San Francisco, aber San Francisco sollte ich nie sehen, nach der Zeit in Brisbane, ein halbes Jahr war inzwischen vergangen, reiste ich weiter nach Südamerika. Davor war ich im Norden gewesen, in Darwin und später in Cairns, und von dort aus die Küste runtergefahren bis nach Brisbane, von wo aus ich auch Sydney besuchte, was wiederum ein großes Fest war wie jede Stadt, die man besuchte. Das Muster war stets das gleiche, abends war man unterwegs und tagsüber hing man am Strand rum oder fuhr mit einem Boot raus aufs Meer, so fand ich mich beim Great Barrier Reef wieder auf einem Boot, rundherum nichts als das Meer, die Sonne stand tief, und als wir so in Richtung Great Barrier fuhren, ein Boot mit ein paar Leuten drauf, saß ich im hinteren Teil auf dem Boden mit dem Rücken gegen die Bootswand gelehnt und schaute in die Ferne. Die Gruppe, die neben mir saß, war zu viert und sprach französisch.

In diesen Momenten war das Reisen eine einsame Sache, und von diesen Momenten sollte es viele geben, wo man den ganzen Tag mit niemandem sprach und die Sonne aufgehen sah und wieder runtergehen, und traf man am Abend auf jemanden und kam ins Gespräch, war das beinahe eine Wohltat. Ich saß alleine hinten in diesem Boot, der Wellengang war hoch, und die Wellen brachen am Bug, und ich dachte an Moby Dick, vielleicht würden wir den Wal nie fangen, oder die Sehnsucht danach würde uns in Ewigkeit weitertreiben. Was bleiben würde, wäre der Weg, den man zurückgelegt hat. Wir waren auf der Rückfahrt vom Barrier Reef, zu dieser Zeit sprach noch niemand davon, dass das Barrier Reef seine Leuchtkraft einbüßen würde. Am Morgen war es bereits früh losgegangen, und ich lehnte mit dem Rücken an der Bootswand und schaute in die Ferne, noch fehlten ein paar Stunden, bis wir wieder an Land waren, ich war auf der anderen Seite der Erdkugel, und wo genau ich war, das wusste niemand. Das wusste ich nicht mal selber so genau.

Von den Orten, die man sieht, bleiben einem ein paar Momente, die sich eingebrannt haben, die Erinnerung ist nicht chronologisch, sie funktioniert nach Intensität, bei mir jedenfalls, dachte ich an einen Ort, kamen mir die Bilder in den Sinn, die ich am intensivsten erlebt hatte, und der Moment auf dem Boot draußen auf dem Meer hatte sich bei mir eingebrannt, ich fühlte mich einsam, das konnte ich drehen und wenden, wie ich wollte, es war stets eine Einsamkeit, die mich begleitete, ich hatte mich entschieden, alleine unterwegs zu sein, und würde auch in Zukunft auf zahlreichen Reisen jeweils alleine unterwegs sein. An das Alleinsein würde man sich nicht gewöhnen, man lernte, damit umzugehen aus dem schlichten Grund, weil man keine Wahl hatte in diesem Moment, aber daran gewöhnen, das würde ich mich nie. Machte es mir anfänglich noch nicht so viel aus, würde Jahre später eine Zeit kommen, wo es mich deprimierte und ich die Nase voll hatte, irgendwo in einem Hotel auf dieser Welt an einer Bar zu sitzen und die Tage totzuschlagen. Ich war froh, hin und wieder mit jemandem zusammen einzuschlafen. Und wenn ich an das Bild auf dem Boot auf dem offenen Meer dachte, dachte ich an Miek, die ich Jahre später in Amsterdam kennenlernen sollte und die während Monaten auf einem Tanker unterwegs gewesen war auf den Meeren dieser Welt. Sie liebte die Einsamkeit.

Ich rauchte eine Zigarette auf der Terrasse meiner Wohnung, die Sonne war untergegangen und der

Himmel hatte sich orange verfärbt. Der See war ruhig, und draußen auf dem Wasser war der Fischer mit seinem Boot. An seinem Boot hatte er eine Lampe festgemacht. Man sah ihn jeden Abend draußen auf dem See, sobald die Dämmerung anbrach, fuhr er mit seinem Boot raus auf den See, man sah ihn auch am Morgen draußen, und seine Lampe, die er am Boot festgemacht hatte, verschwand im Tageslicht. So fanden auch wir an jenem Tag zurück vom Barrier Reef, es war bereits am Eindunkeln, als das Boot den Hafen erreichte und wir wieder Land unter den Füßen hatten. War man lange auf einem Boot gewesen und kam rein, schwankte man noch eine Weile, als wäre man noch auf dem Meer. So hatte es sich auch angefühlt, als ich auf einem anderen Ausflug einige Wochen zuvor auf dem Meer gewesen war und das Land nach drei Tagen wieder erreichte und wir uns an jenem Abend in einer Bar wiederfanden. Der Boden schwankte noch Stunden später, und auf den Bildschirmen, auf denen in der Bar Musikvideos liefen, MTV oder etwas Ähnliches, wurde plötzlich das World Trade Center eingeblendet, einer der Türme brannte, und dann kam das zweite Flugzeug und krachte in den anderen Turm, die Musik lief zuerst noch weiter und verstummte dann, die Leute standen da und blickten auf die Bildschirme, niemand verstand wirklich, was da gerade passierte in dieser Nacht. Der Anschlag versetzte die Welt in eine Schockstarre.

3

Nach der Zeit in Australien reiste ich nach Südamerika. Südamerika war ein anderes Kaliber. Hatte mich die Australien-Folklore allmählich genervt, die ständigen Flaggen überall und das Herausstreichen, wie toll das Land sei, das mochte ich nicht mehr hören, ich wollte weiter, von dieser Zeit blieben mir die Farben, der Himmel und die Farbe des Meeres und die Gerüche vom Strand am Morgen, diese Zeit stand für das Gefühl, losgelöst zu sein, und mit diesem Gefühl reiste ich nach Südamerika, und die Sprache hatte ich mitgenommen vom fünften Kontinent, mein Grammatikbuch hatte ich inzwischen durchgelesen und abgespeichert und irgendwo in einem Hostel auf einem Tisch im Patio beim Pool liegenlassen, die vielen Begegnungen hatten das Ihre dazu beigetragen, dass ich mich leichtfüßig in der Sprache bewegte und die Sprache auch sehr mochte, und mit dem Gefühl für diese Zeit befand ich mich im Flugzeug nach Südamerika. Ich flog nach einem kurzen Zwischenstopp in der Schweiz mit der KLM über Amsterdam und Curaçao nach Südamerika. Ich war wiederum alleine unterwegs, gereist bin ich stets alleine, zwei Jahre sollte ich insgesamt unterwegs sein, zuerst ein ganzes Jahr, dann nochmals ein paar Monate und wieder einige Wochen und wieder ein paar Monate, bevor ich später für drei Jahre nach Spanien gehen würde, aber davon wusste ich zu diesem Zeitpunkt noch nichts, das stand alles noch in den Sternen, noch war nicht die Zeit.

Die Reisen sollten über vier Kontinente gehen, was ich da draußen lernte, war fürs Leben, das würde ich in keinen Büchern finden, das gab mir zu verstehen, was dieses Leben sein könnte, was die Leute beschäftigte und wie sie lebten, was ihre Lebensgrundlagen waren und ihre Werte und was ihre Sprache war und ihre Gestik, was ihre Art war, die Welt zu sehen, und was sie liebten, ja, was sie liebten, das hat mich stets an den Leuten interessiert, ihre Leidenschaft, das ist das, was die Menschen schön macht, das, was in ihren Herzen brennt und glüht und wofür sie alles aufgeben würden, das war stets das, was mich an den Menschen interessierte, wenn ich den Fischer am Strand in der Nähe von Perth traf, wie sorgsam er sein Fischernetz bereitmachte, als sei er Santiago, wie er danach über das Meer blickte mit der Hand an der Stirn und die Bewegungen der Wolken sah und den Wellengang beobachtete, es waren stets diese kleinen Momente, die mich hellhörig machten, die Verbundenheit der Menschen mit ihrer Leidenschaft. Und mit jeder Begegnung mehr fügte sich ein kleines Bild hinzu, mit jedem Moment mehr kam ein Mosaiksteinchen dazu, und ich dachte an den Satz von John Lennon, der sagte, *the more I see, the less I know for sure.*

Die Schweiz war mir in dieser Zeit sehr weit weg, ich dachte kaum daran, ich wollte die Welt sehen, ich wollte mich nicht mit den Themen abgeben, die in der Schweiz aktuell waren, ich wollte nicht darüber nachdenken, was die Leute in der Schweiz beschäftigte, und ich wollte nicht die Musik hören, die in der Schweiz aktuell war, und wenn mich jemand fragte, wie ich heiße, sagte ich den ersten Namen, der mir in den Sinn kam, und wenn mich jemand fragte, wo ich herkomme, sagte ich mal Island und mal Holland und mal Italien und ein anderes Mal Frankreich, es war mir so lang wie breit, was die Leute meinten und dachten, das war auch einer der Vorzüge aus dieser Zeit, du bist, wer du sein willst, und du bist nicht greifbar, und ich tat auch nichts dafür, dass dies sich änderte. Vielleicht kommst du nur so dem auf die Spur, wer du wirklich bist, indem du die Strukturen aufbrichst und dich von allem löst.

Von den vielen Bekannten und Freunden, die man hatte, bevor man aufbrach, blieben ein paar wenige übrig. Das waren die Leute, auf die man zählen konnte. Dass dem so ist, wusste man insgeheim im Voraus, aber trotzdem musst du es erleben. Ich saß also im Flugzeug nach Südamerika, Amsterdam lag hinter uns, und unter uns lag der Ozean ausgebreitet in seiner ganzen Größe, ich war irgendwo zwischen Europa und Südamerika, Spanisch konnte ich nicht, ich würde die Sprache vor Ort lernen, und Spanisch würde zu der Fremdsprache werden, die ich am besten konnte und in der ich mich am wohlsten fühlte. Aber als ich nach Südamerika reiste, konnte ich keinen einzigen Satz auf Spanisch. Ich kaufte mir auch kein Grammatikbuch und auch kein Sprachbuch, ich lernte die Sprache auf der Straße, indem ich mit den Leuten redete, indem ich ihnen zuhörte und dann wiederholte, so, wie ein Kind eine Sprache lernt, indem es zuhört und wiederholt. So lernt es die Sprache, und so sollte ich auch Spanisch lernen. Ich fand schnell in die Sprache rein, durch das Romanische, das Französische oder Italienische leitete ich vieles ab, eine

Sprache lernt man über die Querverbindungen zu anderen Sprachen, im Kern sind sie alle verbunden. Und wenn ich heute an eine Sprache denke, höre ich eine Melodie. Die Sprache ist der Schlüssel, wir brauchen sie. Ohne sie sind wir verloren.

Ich saß also im Flugzeug nach Südamerika, auf dem Bildschirm lief irgendein Film, und ich wusste nicht, was mich erwartete. Alles war wieder ungewiss. So wie ich auf der ersten Reise nach Hongkong und weiter nach Perth und später Brisbane nicht wusste, was auf mich zukam, so wusste ich es auch dieses Mal nicht. Hin und wieder rief ich zu Hause an, und meinem Vater schrieb ich Postkarten. Bekannte von mir saßen im Studium, bildeten sich weiter und wurden ein erstes Mal befördert, gingen abends ins Fußballtraining oder trafen sich zum Bier nach der Arbeit, sorgten vor und legten Geld auf die Seite, und andere wiederum waren in festen Beziehungen und dachten über Ferien am Strand nach oder machten sich allmählich Gedanken über Familie und Kinder, aber ich hatte keine Ahnung, wohin mein Leben führen würde. Ich hatte keine Beziehung, keinen Wohnort, keine Arbeit, die ich wirklich liebte. Ein paar Monate bevor ich nach Hongkong abgereist war, hatte ich noch den alten Pfister getroffen, er war ein alter

Hase und hatte vieles gesehen in seinem Leben, und wenn ich ins Café ging, traf ich hin und wieder auf ihn und seine Frau, er hatte mich gefragt, junger Mann, wohin verschlägt es dich, und ich hatte irgendwas davon erzählt, vielleicht zu studieren, und hatte ihm vom Job erzählt, den man mir angeboten hatte, worauf er gelächelt hatte, als hätte er gewusst, dass der Weg ganz woanders durchführen würde. Er las die Leute, er sah es ihnen an, wo sie standen, er war ein weiser Mann und sagte nicht viel, er hörte vor allem zu. Und als er an diesem Tag im Café aufstand und sich seinen Hut aufsetzte, sagte er, vielleicht solltest du ja da rausgehen und dir das ansehen, hier ist es dir vielleicht etwas zu eng, und hatte gelächelt. Das hatte mir gefallen, er hebelte dich mit einem Satz aus.

Von Amélie wusste ich da noch nichts, noch war nicht Zeit. Erst mal lag ein halbes Jahr Südamerika vor mir, und danach würde nochmals ein Jahr vergehen, bis ich auf sie traf. Während ich im Flugzeug nach Südamerika saß, musste sie irgendwo in New York sein, wo sie in einem Café arbeitete und in einer WG wohnte und ein amerikanisches Leben lebte, sie war von Sydney bald weiter nach New York gereist, dort wollte sie bleiben, sie wollte nicht da weg, bist du mal in New York, in dieser schillernden, verführerischen Stadt, willst du da nie mehr weg, das sollte ich Jahre später auch erleben, New York macht dich süchtig. Du bist der Stadt ausgeliefert, sie nimmt dich auf und haut dich um, und du bist ihr ergeben, bist du mal in New York, willst du da nie mehr weg. So erging es Amélie, sie zog ihre Kreise durch die Stadt, während ich im Flugzeug über dem Ozean saß, der unendlich schien. Ich dachte an den alten Pfister und war ihm dankbar, viele Jahre später sollte ich zufällig auf seine Frau treffen, er selber war seit einigen Jahren tot, und wir erinnerten uns an den kleinen Moment im Café, als er sich seinen Hut aufsetzte und sich nochmals umdrehte und mich anschaute, bevor er ging. Ich sah ihn noch vor mir, mit seinen Falten und dem grauen Haar, und wie er die Zigarette hielt, wenn er den Ellenbogen auf den Tisch abstützte und sich nach vorne beugte, um etwas zu sagen. Das erinnerte mich stets an Jean-Paul Belmondo. Diese kleine Begegnung mit dem alten Pfister hatte mich damals dazu gebracht, meine Koffer zu packen und zu gehen. Und als ich so im Flugzeug über dem Ozean saß, dachte ich daran, wie scheinbar beiläufige Momente dem Leben ganz einen anderen Dreh geben.

Ich wusste nicht genau, warum ich ein Jahr lang unterwegs war, ich wusste auch nicht genau, warum ich nach Südamerika reiste, und wenn mich jemand später fragen würde, weswegen ich nach Spanien gezogen war, konnte ich auch das nicht beantworten. Es war eine Bauchentscheidung gewesen, ich hatte eine Stelle in Madrid angenommen, ohne dass ich je davor in Spanien gewesen war. Ich wusste nicht, was mich da erwartete, und ich hatte keine Ahnung, wie Spanien war. Rückblickend hatte sich alles gefügt. Das war ein Entscheid aus dem Gefühl heraus, und wenn ich später in die Ferien fahren würde, würde ich nichts planen, das war die Freiheit, die ich mir rausnahm, ich liebte es, unterwegs zu sein ohne Plan. Viele Jahre später sollte ich mit einer Frau nach Italien reisen für zwei Wochen, das ist etwas, das ich selten machte, und wir planten nichts. Wir frühstückten am Nachmittag in Neuchâtel in einem Restaurant eines teuren Hotels am See und sagten uns dann, lass uns nach Italien fahren. Sodass wir bezahlten, einstiegen und losfuhren. Es gab Tage in diesen zwei Wochen, an denen wir noch am Abend um sechs oder sieben Uhr irgendwo am Strand in Ligurien saßen und keine Ahnung hatten, wo wir übernachten würden, wir lachten darüber, es kümmerte uns nicht, es würde sich dann schon zeigen. Ich liebte es, so unterwegs zu sein, und so war ich stets auf Reisen unterwegs gewesen. Ich ging einfach mal los und ließ mich tragen und vertraute auf mein Gefühl. So simpel war das, und das bedeutete mir alles.

Wir setzten also in Curaçao auf für eine Zwischenlandung, bevor es weiterging, es war späte Nacht, und bald würde der Morgen die Nacht aufbrechen und die Sonne aufgehen, die Fischer waren bereits am Strand und richteten ihre Netze, machten die Boote bereit, die Fiesta war vorüber, und ein leichter Wind ging. Es war ein Tag im Januar, bald bog das Flugzeug wieder auf die Startbahn ein und hob ab. Wochen später saß ich vor einem kleinen Laden in der Stadt Esmeraldas an der Nordküste Ecuadors unweit der kolumbianischen Grenze. Mir gegenüber saß Hernandez auf einem weißen Plastikstuhl, es war mild und die Luft war feucht, man roch das Meer, das nur zwei Straßen weiter war, und sein Gesicht war mit feinen Falten gezeichnet wie eine Landkarte. Seine Augen erzählten seine Geschichte, er hatte sie alle gesehen, die großen Häfen dieser Welt, als Matrose war er mit den großen Schiffen um die Welt gereist, und in jeder großen Stadt, die man erwähnte, war er gewesen, in Hamburg war er und in Genua, in Marseille und in Boston, in Buenos Aires, Kapstadt und Tokio, überall war er gewesen in seinem Leben als Matrose, und nun saß er tagsüber vor seinem Laden mit einem

Lächeln, den Blick in die Ferne gerichtet, als fahre er in Gedanken nochmals all diese Orte ab, während die Leute aus dem Quartier zu ihm kamen, sich in seinem Laden was holten und dann rauskamen zu ihm, der auf dem Plastikstuhl saß, und bezahlten, bevor sie mit einem freundlichen *hasta luego* wieder gingen. Er saß da vor dem Laden, er hatte ein schönes Gesicht, ein stiller Mann, der nur etwas erzählte, wenn man ihn fragte. Ich verbrachte einige Monate in Esmeraldas und traf ihn oft. Seine Reisen über die Meere dieser Welt verliehen ihm diese Jugendlichkeit in den Augen. Ich mochte ihn. Dieser alte Mann hatte alles gesehen. Und das machte ihn jung. Und wenn er da saß vor seinem Laden, war er auf Reisen, als würde er denken, im Geiste sind wir frei.

4

Ich blieb ein paar Monate in Esmeraldas, hier gab es keine Touristen und keine Sehenswürdigkeiten. Was mir in Erinnerung blieb aus dieser Zeit, war das Licht, und unter der Stadt hindurch verlief eine Pipeline von der Ölraffinerie bis zum Hafen, bei einem Versehen wäre die ganze Stadt in die Luft geflogen. Es gab ganze Wochen, in denen wir kein fließendes Wasser hatten, und die Zeit in der Stadt war geprägt von Streiks und Stromausfällen, und ich liebte das Taxifahren, für ein, zwei oder drei Dollar fuhren sie einen überallhin, außer in die Slums, da war es zu gefährlich, da fuhren die Taxifahrer nicht hin. Sie hielten an der Grenze zu den Slums an und sagten, von hier aus musst du zu Fuß weiter, und sie fuhren auch nicht weiter, wenn man ein paar Dollar drauflegte. Sie wussten auch, warum. An den Rändern der Slums wendete der Taxifahrer seinen Wagen und drehte den Kopf nach hinten, bevor man bezahlte und ausstieg und das Taxi über die Straße verschwand. Das Taxifahren hatte eigene Regeln, den Preis verhandelte man vor dem Einsteigen, man stieg nie ein, bevor der Preis nicht klar war, der Taxifahrer ließ das Fenster vom Beifahrersitz runter, man verhandelte, und wenn der Taxifahrer nickte, manchmal widerwillig, da er sich erhofft hatte, mehr rauszuschlagen bei jemandem, der nicht aus dem Ort war, stieg man hinten ein und das Taxi fuhr los. Die Taxifahrer wussten alles, wenn etwas los war in der Stadt, fragte man die Taxifahrer, sie hatten ein Netz über die Stadt gespannt und wussten über alles Bescheid, stand ein Streik bevor, waren es die Taxifahrer, die es als Erste wussten, wollte man eine Information erhalten über etwas, das kommen würde, stieg man in das Taxi und stieg mit der Information wieder aus. In einer Stadt wie Esmeraldas sollte man einen Taxifahrer als Freund haben.

Der holte einen ab, wenn man irgendwo festsaß, wie an diesem Tag, als wir in eine Straßensperre während der Streiks gerieten. Ich war über das Wochenende mit Maria in der Hauptstadt gewesen, Freitagnacht waren wir hingefahren, Sonntagnacht kehrten wir zurück und wären am Montag früh in Esmeraldas angekommen, wir fuhren gegen Mitternacht in Quito los, die Fahrt dauerte sechs Stunden, wenn die Straßen gut waren und der Bus nicht überfallen wurde, das passierte hin und wieder, dass die Busse von Banden mit Maschinenpistolen abgefangen und ausgeraubt wurden. In jener Nacht fuhren wir also gegen Mitternacht in Quito los, bereits bei der Abfahrt waren die Busfahrer nervös gewesen, das Gerücht ging um, dass ein weiterer Streik anstand, wir hofften aber, es nach Esmeraldas zu schaffen, noch bevor der Streik losging. Danach war es unmöglich, die Stadt noch zu erreichen, und wie lange die Streiks dauerten, das war stets ungewiss, die konnten drei Tage dauern oder zwei Wochen, ich sollte später erleben, dass bei einem Streik das Land lahmgelegt war. Nach den Monaten in Esmeraldas und nachdem ich nach Kolumbien gereist war für einen Monat und zurück in Quito war, lag das Land für zwei Wochen im Streik, die Straßen waren zu, es war unmöglich, sich im Land zu bewegen. Ich saß in der Hauptstadt fest.

In dieser Nacht also war ich mit Maria gegen Mitternacht in Quito losgefahren, und wir hofften, Esmeraldas noch zu erreichen, bevor der Streik losging. Im ersten Teil der Fahrt ging es gut vorwärts, ich schlief teils, teils lag ich wach, und wir erreichten bald die Ebene, zwei Stunden fehlten uns noch bis nach Esmeraldas, als wir auf eine

Straßensperre stießen, die Stimmung war aufgeladen, Fässer brannten, und Leute mit Macheten und Stöcken und Werkzeugen wüteten in den Straßen, Steine flogen in Richtung der Busse, unser Bus wurde angehalten und musste auf den Platz fahren, wo bereits andere Busse standen, die aus anderen Städten angefahren waren. Die ganze Wut der Menschen hing in dieser Nacht in der Luft, wir mussten aussteigen, konnten aber zu Fuß weitergehen, so sah man die Schatten der Menschen über die Straße ziehen, und je weiter wir kamen, umso leiser wurde der wütende Mob, der die Straße noch während der ganzen Woche blockieren sollte, wir schafften es aber nach Esmeraldas in dieser Nacht, irgendwo erwischten wir eines der gelben Taxis. Mit den Taxifahrern hatte ich es stets gut, sie hatten den Schlüssel zur Stadt, sie wussten alles, und sie waren loyal, sie hatten die Stadt im Griff, und zeigte man ihnen gegenüber Respekt, setzten sie sich für dich ein. Und das habe ich stets getan.

Das sollte ich später noch oft erleben, je schlechter das Land dastand, umso besser waren die Leute untereinander organisiert. Der Mensch hatte von der Steinzeit an erlebt, dass er sich zu Gruppen zusammenschließen sollte, wenn eine Gefahr drohte, um zu überleben. Das war seit Jahrtausenden in unsere

DNA eingebrannt. In Quito waren die Banden der Diebe über die Innenstadt hinweg vernetzt. Sie kommunizierten mit Pfiffen. Ging man in der Innenstadt durch die Straßen, hörte man einen leisen Pfiff, der an zwei, drei anderen Straßenecken eine Antwort fand, und kurz darauf sah man sie auftauchen an den Straßenecken, das war kein gutes Zeichen, dann hieß es, sofort verschwinden. So wie die Diebe in Quito vernetzt waren, so hatten auch die Taxifahrer in Esmeraldas ihr feines Netz über die Stadt gesponnen. Im Quartier gleich am Hafen, wo ich wohnte, war Nuncio, verließ ich das Quartier und stand er da, fuhr ich mit ihm, er hatte ein altes Taxi, wie die meisten, und auf seiner Wange hatte er eine Narbe, und traf man auf der Fahrt durch die Stadt auf einen anderen Taxifahrer, der durch das Taxifenster mit Nuncio sprach, vielleicht ging es um einen ermordeten Freund oder um ein anderes Verbrechen, jedenfalls gab man dem anderen Taxifahrer ein paar Dollar, Nuncio machte das, und auch der Fahrgast. Das war üblich so. Oder wenn man auf der Fahrt auf eine Trauergemeinde traf, die die Totenwache auf der Straße abhielt, wie das der Brauch war, gab man ein paar Dollar. Starb jemand aus der Familie, stellte die Familie auf der Straße Stühle in einem Halbkreis auf und saß beisammen. Sie war in Trauer und zeigte so ihre Trauer. Und wer vorbeifuhr, gab ihnen ein paar Dollar. Das war üblich, und daran hielt man sich, das war Teil vom Ehrenkodex.

Kam man von außen, verstand man das nicht auf Anhieb, lernte es jedoch über die Monate kennen, mit jeder Woche mehr kam man dem näher, wie die Leute dachten und sich bewegten und wie sie zurechtkamen und sich gegen Ungewisses absicherten, denn die Leute wussten, dass es auch sie erwischen könnte irgendwann, früher oder später erwischt es jeden, sagte Nuncio, und ich schaute ihn von hinten an, wie sich seine Narbe über die rechte Wange zog. Die Taxifahrer waren die Seismografen einer Stadt. Fuhr ich mit Maria nach Atacames ans Meer, ein Städtchen eine gute Stunde die Küste runter, fuhren wir mit Nuncio. Auf ihn konnten wir uns verlassen. Die Fahrt brachte ihm den Tagesumsatz ein, beim kleinen Park im Quartier stand er, wenn er nicht am Fahren war, er parkte seinen Wagen im Schatten der Bäume und blieb im Auto sitzen, den Motor ließ er laufen und schaltete ihn dann irgendwann ab. Ich sollte mich auch später nach den Taxifahrern orientieren, egal wo auf der Welt ich war, ich fuhr gerne Taxi, so lernte ich die Orte kennen und erfuhr, was die Leute in einer Stadt beschäftigte und umtrieb. Nebst den Taxifahrern waren die Kioske meine zweite Referenz. Eine Kioskverkäuferin weiß alles, was in ihrer Stadt vor sich geht, sie nimmt jede Bewegung wahr. Taxifahrer und Kioskverkäuferinnen, daran dachte ich, als ich auf der Terrasse meiner Wohnung stand und über den See schaute, auch zwanzig Jahre später waren sie für mich die Orientierungspunkte, wenn ich unterwegs war, sie waren die neuralgischen Punkte eines Ortes.

Mit Maria fuhr ich also nach Atacames, Nuncio fuhr uns mit seinem Taxi hin, dort legten wir uns in die Hängematten und schauten übers Meer, wollte ich aus der Stadt raus, gab es Atacames, oder ich fuhr für ein paar Tage nach Quito in die Hauptstadt. In einer Stadt schaute ich mir selten etwas an, das blieb auch die folgenden Jahre so, mich interessierte ein Taxifahrer mehr als eine Sehenswürdigkeit. Mich interessierte der Mensch, nicht die Sehenswürdigkeit. So konnte ich in Quito an einer Hand abzählen, was ich gesehen hatte, ich besuchte nämlich nur einen einzigen Ort, und das war die *Mitad del Mundo,* der Ort, durch den der Äquator verläuft. Dann stehst du da vor dieser Linie, die die Welt in eine Nord- und eine Südhalbkugel trennt und denkst daran, dass du als Kind das Licht vom Globus, der auf deinem Schreibtisch stand, anmachtest, den Globus in die Hand nahmst und mit dem Finger die Linie vom Äquator entlangfuhrst, einmal um die ganze Welt, und genau über diesen Punkt, an dem du jetzt standest, warst du mit dem Finger gefahren. Das faszinierte dich als Kind, und du kanntest die Städte dieser Welt, du kanntest die Hauptstädte auswendig, und du mochtest die Farben der Länder auf dem Globus, und du stelltest dir vor, wie du in Chicago wärst oder in Adelaide oder in Alaska. Ansonsten sah ich nichts in Quito, ich fuhr für ein Wochenende hin, um wieder mal richtig zu frühstücken, in den teuren Hotels der Stadt gab es ein europäisches Frühstück, da fuhr ich mit Maria hin. Wir frühstückten und legten uns dann auf die Sofas vor der Fensterfront und schauten durch die großen Fenster über die Stadt, wie die Flugzeuge tief über die Stadt reinflogen und auf dem Flughafen mitten in der Stadt landeten, während im Hintergrund Maná lief, die von den *desaparecidos,* den Verschwundenen, sangen oder von der *loca de San Blas,* der Verrückten von San Blas, die am Leuchtturm stand und aufs Meer schaute in der Hoffnung, ihr Geliebter komme wieder, bis sie aus Liebeskummer ins Wasser ging.

Maria war eine schöne Frau, ich schaute sie von der Seite an, wenn sie in den Sofas im Hotel saß, sie hatte schöne Lippen und dunkelbraunes langes Haar, das ihr über die Schulter hing, und wenn wir uns liebten, band sie die Haare zusammen. Sie hatte etwas Geheimnisvolles, und wenn sie redete, tat sie das in diesem Slang der Costa, der Küste, wo die Leute die Wörter so aussprechen, dass sie ein »s« am Ende eines Wortes verschlucken, ein bisschen wie die Leute im Süden Italiens im Film *Il Postino,* und sie hatte eine schöne Sprache, wenn sie redete, sprach sie gewählt, was ihrem Wesen etwas Nobles gab. Und ich mochte ihre Stimme. Das ist etwas, das mir stets gefiel, ich liebte Stimmen, aus den Stimmen konnte man das Leben herauslesen. Wir tragen unser Leben im Gesicht und in der Stimme. An der Stimme erkennt man, wie es jemandem geht, ich sollte bereits da, aber später noch viel bewusster, gerne telefonieren, aus dem einfachen Grund, dass man dann nur die Stimme hat, und die Stimme lügt nicht. Es ist der Mensch, der lügt, aber nicht die Stimme. Die können wir nicht verstecken, auch wenn wir sie verstellen, sie verrät uns. Die Stimme ist unser Charakter, sie ist unsere Persönlichkeit, sie verrät, ob wir uns stark fühlen oder verletzlich, ob wir Zweifel haben oder hadern, und sie verrät unsere Absicht und unsere Bestimmung. Ich liebe das Telefonieren, und ich liebte es, wenn jemand eine schöne Stimme hatte, ich liebte die feinen Nuancen in der Stimmlage, und ich liebte die Sprache an sich. Und Maria, sie hatte eine schöne Stimme, und wenn sie sprach, hörte ich ihr gerne zu.

Ich rief nicht oft zu Hause an, hin und wieder. Und hin und wieder schrieb ich eine Mail nach Hause oder schrieb einigen Freunden, in Esmeraldas gab es nur ein Internet-Café, da kostete die halbe Stunde fünfzig Cent und die Stunde einen Dollar. Das genügte mir. Alles hier kostete einen Dollar. Mit einem Dollar kam man überall durch. Ich hatte es mir angewöhnt, immer ein paar Dollar in der Hosentasche zu haben. Ein Portemonnaie hatte ich nicht, ich würde noch für die nächsten zwanzig Jahre keines haben. Ich hatte das Geld stets so in der Tasche, anfangs hatte ich noch im Schuh ein paar Dollar als Reserve, sollte mir der Rest abhandenkommen, oder anders gesagt, sollte ich überfallen werden. Aber das mit den Dollars in den Schuhen ließ ich bald sein, das war nicht nötig, ich vertraute auf meine schnellen Beine, wenn was sein sollte, denn schnell war ich. Aber brenzlig sollte es nur einmal werden, als ich in Cali in Kolumbien war und in der Nacht zu Fuß durch die Stadt unterwegs war, ich kam aber gut aus der Situation raus, ansonsten war ich zu aufmerksam, ich hatte mir angewöhnt, stets vorauszuschauen und die Zeichen zu lesen, man spürte ganz genau, was auf einen zukam, da können wir unserem Instinkt vertrauen. Außer die Erde bebt. Das sehen wir nicht voraus.

Wir standen vor einer Bar in Esmeraldas, als das geschah. Es geht alles sehr schnell, zuerst verstehst du nicht, was passiert, als schüttle es dich durch. Gut, dass wir draußen auf einem großen Parkplatz waren, als die Erde bebte. Das Beben war beachtlich, und sobald du realisierst, was geschieht, ist es wieder vorbei. Ein paar Sekunden, jedoch mit solcher Wucht, und sobald es wieder still ist, schlägt dir dein Herz bis in den Hals. Du rechnest nicht damit, ein Erdbeben kommt vollkommen unangekündigt, und plötzlich hat's dich, es bringt die ganze Ordnung durcheinander, endet aber nicht damit, dass es vorbei ist, das Seltsame an einem Erdbeben ist, dass es nachwirkt. Hast du mal eines erlebt, denkst du daran, dass es wieder passieren könnte, das ist das Seltsame daran, es bringt dein System durcheinander, du bist dir sicher, es komme wieder, aber du weißt nicht genau, wann und in welcher Form, als erschüttere es dein Urvertrauen. Das ist, als wenn dich ein Schicksalsschlag ereilt, das Schwierigste danach ist, das Urvertrauen wieder aufzubauen. Bist du jung, bist du unerschütterlich, du bist überzeugt, dass das Glück auf deiner Seite ist, du zweifelst nicht einmal, dass dir etwas nicht gelingen könnte, du weißt, dir passiert das nicht, du fühlst dich stark, und nichts hält dich auf, aber hat das Schicksal ein erstes Mal zugeschlagen, zerschlägt es auch dein Urvertrauen. Und als wir da standen auf dem Platz vor der Bar nach dem Erdbeben und nicht viel sagten, einander nur anschauten, blieben wir draußen, als seien wir da sicherer. Man will draußen bleiben, wenigstens noch für ein paar Augenblicke, falls nochmals ein Beben kommen sollte, vielleicht ein größeres.

Ein paar Gebäude waren eingestürzt, und viele Häuser hatten Risse, aber eigentlich war es glimpflich verlaufen. Was, wenn ein größeres Erdbeben käme und das nur ein Vorbeben war? Etwas, woran du nie gedacht hast, auch nicht im Entferntesten, ist plötzlich ein Thema in deinem Leben. So ist es auch mit dem Urvertrauen, bröckelt das, wird es schwierig, dann beginnt man ein vorsichtigeres Leben, das einen daran hindert, sich dem Leben hinzugeben, eine vermeintliche Sicherheit wird ein großes Gut, oder anders gesagt, die Angst treibt dich in die falsche Richtung. Und hat dich mal die Angst, ist es schwierig, sie wieder gehen zu lassen.

Mir ist auf Reisen nie etwas passiert. Ich glaubte nicht daran, dass mir etwas passieren könnte. So traf es auch nicht ein. Dafür ließ ich mir ein paarmal das Herz brechen. Aber das ist ja nichts Kriminelles. Ein paar Liebeskummer fängt man sich im Leben ein, das heißt aber nicht, dass man sich daran gewöhnt, ein Liebeskummer ist jedes Mal gleich hart, man lernt nicht, damit umzugehen, es erschüttert dein Herz, wie ein Erdbeben, und es bleibt eine kleine Angst, dass es dir das Herz abermals zerreißen könnte, solltest du dich darauf einlassen. Man hat irgendwann dann seine Strategien, damit umzugehen, aber weh tut es jedes Mal wieder von Neuem. Das ändert sich nicht. Und hoffentlich würde man sich noch Jahrzehnte später das Herz zerreißen lassen, hoffentlich, denn alles andere, ein Leben ohne Liebe, wäre der Tod. Liebst du nicht, bist du tot.

Wenn ein Erdbeben dein Leben erschüttert, trifft es dich im Urvertrauen. Das ist der Schaden, den ein Erdbeben anrichtet, es prägt dich, es prägt die Art, wie du die Welt siehst, wie du durchs Leben gehst und den Menschen begegnest. Erschüttert ein Erdbeben dein Leben, ist es danach ein anderes, und würdest du Jahrzehnte später auf dein Leben zurückschauen, du würdest sagen, dass dieser Moment deinem Leben eine Wendung gegeben hat. Vielleicht bist du daran gewachsen, oder du bist daran zerbrochen. Etwas dazwischen gibt es nicht. Und würdest du viele Jahre später auf Menschen aus deinen früheren Jahren treffen, du würdest ihnen ansehen, was sie durchgemacht haben, es stünde in ihren Augen. Du trägst deine Geschichte in den Augen, dort steht alles geschrieben. Und dann gab es diese Momente im Leben, wo man einen Entschluss gefasst hatte. Man weiß noch ganz genau, wo man war, als man eine Entscheidung traf, von der man weiß, dass sie dein Leben in eine andere Richtung lenkte. Zwei Jahre nach der Zeit in Esmeraldas sollte ich mich in La Paz wiederfinden, das war einer dieser Momente. Aber dazu später.

5

In der Zeit in Esmeraldas traf ich also auf Maria. Sie arbeitete auf der Post, und wenn ich einen Brief aufgab, sah ich sie, wie sie die Treppe hochging. Sie war einundzwanzig und ich nicht viel älter, abends waren wir in den Bars oder am Strand, und spätabends nahmen wir ein Taxi ins Oasis, das etwas außerhalb der Stadt lag, das war ein Stundenhotel, und wenn man sich lieben wollte in Südamerika, fuhr man mit dem Taxi ins Stundenhotel. Das Taxi fuhr die Straße hoch ins Oasis und direkt in eine der Garagen, die frei waren, der Taxifahrer ließ den Motor laufen, man bezahlte und stieg aus, und von der Garage führte eine Tür in ein Zimmer, an der anderen Zimmertür bezahlte man für eine Stunde oder zwei und konnte sich da lieben, duschte danach und bestellte wieder ein Taxi zurück in die Stadt. Über dem Bett hing ein großer Spiegel, und wenn ich auf dem Rücken lag und sie auf mir, schaute ich in den Spiegel hoch und sah, wie sie sich bewegte und den Kopf mit den langen

Haaren in den Nacken warf und dabei die Hände auf meiner Brust abstützte. Auf dem Rückweg aus dem Oasis saß man hinten im Taxi und sah die Lichter der Stadt vorbeiziehen am Fenster, bis wir den Hafen erreichten, das Taxi bezahlten und die letzten Abschnitte zu Fuß durch die ruhigen Straßen gingen. Ich mochte die Zeit in Esmeraldas.

Nach dem Sex lagen wir auf dem Bett und schauten in den Spiegel an der Decke, ich sprach inzwischen gut Spanisch, und sie malte sich aus, wohin sie das Leben tragen würde. Ich hörte ihr zu. Da lagen zwei junge Menschen im Bett, das Zimmer war in bunten Farben gehalten, und irgendwo an der Wand hing ein Kruzifix. Ein Kruzifix hing immer irgendwo in Südamerika. Wie auch ein Coca-Cola-Zeichen. Der Coca-Cola-Schriftzug ist das Zeichen, das ich am häufigsten gesehen habe auf Reisen, egal, wo ich auf dieser Welt war, ein Coca-Cola-Zeichen hing immer irgendwo. Der Sex mit Maria war schön. Und es kümmerte uns beide nicht, dass sie verlobt war. Wenn wir in der Nähe vom Hafen in das Taxi stiegen und ins Oasis fuhren, wussten wir, dass wir ein paar Stunden für uns hatten. Sie wusste, dass ich nach ein paar Monaten wieder aus ihrem Leben verschwinden würde, und ich wusste, dass das richtig war so. Mehr wollten wir nicht, es ist eine einfache Liebesgeschichte, ein Mann und eine Frau, die sich treffen und sich lieben und sich dann wieder trennen. Auch unsere letzte Nacht, bevor ich die Stadt nach Monaten verließ und nach Kolumbien reiste, verbrachten wir im Oasis. Zuerst gingen wir irgendwo in der Stadt essen, ich weiß es nicht mehr so genau, jedenfalls nahmen wir ein Taxi und fuhren ins Oasis. Die Fahrt kostete drei Dollar, und es war jedes Mal wieder aufregend, wenn wir dem Taxifahrer sagten, er solle uns ins Oasis fahren, und wir dann über die Straße zum Stadtrand fuhren und das Oasis erreichten. Hernandez, der alte Mann vor dem Laden, der die Welt bereist hatte und auf dem weißen Plastikstuhl saß und aufs Meer schaute, wusste von meiner Liebe zu Maria. Menschen wie er sehen dir das an.

Wir lagen also in der letzten Nacht im Oasis auf dem Bett, nachdem wir uns geliebt hatten, es war warm und wir sagten nichts, es war wie nach einem Gebet, eine letzte Nacht hat immer einen besonderen Zauber, in der letzten Nacht ist alles anders, da ist das Licht anders, und man spürt sich anders, weil man weiß, dass das hier, das in diesem Moment ist, nie mehr sein wird. Die Flüchtigkeit von diesem Moment macht ihn ewig. Man vergisst ihn nicht mehr. So bestieg ich am nächsten Morgen in aller Frühe den Bus in Richtung Quito, es war ein schöner Tag, in der Nacht hatte es noch geregnet, aber am frühen Morgen hatte es aufgezogen und der Himmel hatte sich geklärt, in der Ferne glänzte das Meer und zeigte seine Weite. Von Hernandez hatte ich mich am Abend davor verabschiedet, bevor ich Maria traf. Ich mochte ihn sehr, diesen alten Mann, der mehr vom Leben verstand als viele von uns. *Suerte,* sagte ich ihm, als ich ging, und umarmte ihn. *Suerte,* sagte er. Verabschiedete man sich, sagte man sich *Suerte,* was Glück bedeutet. Wenn du gehst, wünschst du dir Glück. An ihn habe ich später noch gern gedacht, und auch an sie, Maria, und an unsere letzte Nacht, und an die anderen Nächte in den Monaten, die wir zusammen verbrachten, und an die Fahrten nach Atacames, wo wir in den Hängematten lagen am Meer, und an die Abende am Strand, an die Nächte beim Karaoke oder die Fahrten nach Quito fürs Wochenende und den Sex am Strand oder auf der Terrasse in der Nacht oder an die Blicke auf der Post, bevor wir uns kannten. An sie habe ich gerne gedacht. Der Bus verließ die Stadt, ich schaute zum Fenster raus. In der letzten Nacht auf dem Bett, sie trug nur die goldene Kette, drehte sie den Kopf zu mir und flüsterte mir zu, während sie den Anhänger ihrer Kette zwischen den Fingern hielt, melde dich nicht mehr. Ich habe mich nie mehr bei ihr gemeldet.

Der Bus erreichte Quito nach sechs Stunden, von wo aus ich ein paar Tage später nach Kolumbien aufbrach, Quito mochte ich nicht besonders, der Flughafen war spektakulär, wie die Flugzeuge auf die Landebahn mitten in der Stadt einbogen, aber ansonsten war ich froh, weiterzureisen nach Kolumbien, Cali, Cartagena, und zwei Wochen verbrachte ich in Bogotá, wo ich Hector und seine Familie besuchte, den ich aus Brisbane kannte, ein lieber Kerl, mit dem ich ein paarmal abgestürzt war und der in seiner Beherrschtheit etwas sehr Lustiges hatte, wenn er betrunken war. Er war ein Geschäftsmann, und sein Vater hatte vier Firmen, eine davon mit 138 Filialen, sie waren im Lotteriebusiness, und beinahe hätte ich ihren Jackpot geknackt, als mir Hector einen Lotterieschein hingestreckt hatte und sagte, der ist für dich, mach auf, und dabei lächelte. Wir waren beide etwas erleichtert, als die letzte Zahl falsch war, für einen kleinen Moment waren wir beide etwas erschrocken bei dem Gedanken, im Los, das er mir hinstreckte, sei der große Jackpot. Großer Gott, zum Glück war dem nicht so. Mit 24 war sein Vater Fabrikarbeiter gewesen – ich war inzwischen 24, also gleich alt wie sein Vater damals – und hatte sich sein Imperium alleine aufgebaut, und bevor wir uns bei ihnen an den Tisch setzten, die Männer mit Krawatte und die Tochter und seine Frau in Rock und Bluse, fragte sein Vater ihn, wie er mit mir reden könne. Er spricht Spanisch, hatte Hector gesagt, was mir zu Hilfe kam einige Tage später, als ich in Bogotá für ein paar Stunden vom Militär festgehalten wurde. Das Land war aufgerüttelt, es war drei Wochen vor den Präsidentschaftswahlen, und das Land wurde von einer Serie von Anschlägen heimgesucht, Bomben gingen in Einkaufszentren hoch, und Menschen wurden entführt. Die Rebellen hatten Teile des Landes unter ihrer Kontrolle, Hector würde mir später sagen, seine Familie könne die Stadt auf dem Landweg nicht verlassen, bereits seit geraumer Zeit, es sei zu gefährlich.

Als ich nach Südamerika kam, brach das Jahr 2002 an, die Zeit in Südamerika verflog, es war eine lebendige Zeit, eine leidenschaftliche, und ich war gerne da, die Wochen jagten sich, ich hatte mir kaum Gedanken gemacht über meine Rückkehr und sah mich plötzlich vor den letzten Wochen in Südamerika. Nachdem ich in Bogotá gewesen war, fand ich mich im Norden des Landes wieder, in der Hafenstadt Cartagena, von hier aus erreichte man Inseln wie die

Islas del Rosario, wo die Strände endlos waren und das Wasser und das Licht so sein mussten wie bei Santiago, der auf Cuba war und von dort aus mit seinem Boot aufs Meer zog, nachdem er während 84 Tagen ohne Fischfang geblieben war. Ich blieb eine Woche in Cartagena und machte nicht viel in dieser Zeit, einmal setzte ich auf die Islas del Rosario über, und zurück im Hotel auf dem Hotelbett hatte das Paar im Nebenzimmer Sex, ich kam mir vor wie im Film, ihr Bett schlug gegen die Wand, und ich hörte sie stöhnen, bis es wieder ruhiger wurde und sich der Sturm legte. Ich schaute währenddessen Fußball. An den Abenden war ich unterwegs, und tagsüber in der Hitze war man im Schatten. Ich sprach inzwischen sehr gut Spanisch, ich liebte diese Sprache, wie ich Sprachen allgemein liebte, aber wie ich die Tage zu Boden brachte, das wusste ich nicht mehr so genau, sie vergingen so, wie sie kamen, und allmählich war es für mich Zeit zurückzureisen. Ich hatte keine Lust darauf. Ich war ein ganzes Jahr unterwegs gewesen, ein Jahr lang war es Sommer gewesen, und ich war ein Jahr lang stets am Meer und würde nun zurückkehren. Ich war bald pleite und wusste nicht, was mich erwarten würde daheim.

Ich saß auf der Terrasse meiner Wohnung an diesem Januartag und schaute über den See wie Santiago über das Meer und dachte an die letzten Tage in Südamerika, ich hörte viel Musik in dieser Zeit und hatte angefangen, Bücher auf Spanisch zu lesen. Wenn die Vormittage vergingen und die Leute sich am Nachmittag vor der Wärme in den Schatten und die Innenräume zurückzogen, lag ich in einer Hängematte oder saß in einem Strandstuhl und las Bücher und dachte darüber nach, wohin ich reisen wollte. Das Reisen war eine einsame Sache, es gab Tage, an denen ich mit niemandem sprach, und ging man abends in eine Bar, war es schön, mit jemandem etwas zu plaudern, und dann war es schön, nicht alleine einzuschlafen. Ich verließ Cartagena, es war Zeit zu gehen, ich verbrachte noch ein paar Tage auf den Galapagosinseln, bevor ich endgültig heimreiste. Ich hatte viel gesehen in diesen Monaten in Südamerika, ich war viel Taxi gefahren und weite Strecken im Bus, die Busfahrten waren abenteuerlich, auf den Bildschirmen liefen irgendwelche Actionfilme aus den 90er-Jahren mit Jean-Claude Van Damme oder Sylvester Stallone, es gab vorne im Bus einen Bildschirm und manchmal auch einen Bildschirm in der Mitte, die Filme waren in schlechter Qualität, und in der Nacht wurden die Busse alle paar Stunden angehalten, es folgten Kontrollen, Patrouillen mit Sturmgewehren durchsuchten die Busse, kontrollierten die Pässe und das Gepäck, bevor der Bus weiterfahren konnte. Es kam vor, dass man aussteigen, die Hände an den Bus legen und mit gespreizten Beinen dastehen musste und abgetastet wurde, hin und wieder wurde jemand festgenommen, und dann donnerte der Bus wieder durch die Nacht, es gab Pannen, bei denen die Räder gewechselt wurden oder einem das halbe Fahrgeld zurückgegeben wurde, weil man die Panne nicht beheben konnte und man zu Fuß weitermusste, oder man geriet während der Streiks in eine Straßensperre, wo Steine flogen und alte Pneus angezündet wurden. Südamerika war gefährlich, und ich hatte mir angewöhnt, so durch die Straßen zu gehen, dass mich niemand berührte.

6

Ich war also ein Jahr unterwegs gewesen und kehrte dann zurück in die Schweiz, nahm eine Stelle an und mietete eine Wohnung, spielte wieder Fußball und kehrte in dieses Leben zurück, das ich davor gehabt hatte. Es war, als ziehe man wieder einen Mantel an, der während eines Jahres im Schrank gehangen hatte, dann aber irgendwann merkt, dass der Mantel nicht mehr passt, die Ärmel sind zu kurz, und es ist einem zu eng da drin, man kann nicht das Leben in den Schrank hängen und es sich ein Jahr später wieder überhängen, das geht nicht, das musste schiefgehen. Das ist, als würde man in eine Wohnung zurückkehren, die man zuvor bewohnt hatte, oder zu einer Frau zurückkehren, mit der man zusammen gewesen war. Ich glaubte nie daran, dass das gut kommen würde, wir haben immer nur eine Chance, wie Frank Sinatra sagte, wenn er ein Lied aufnahm. Er nahm jedes Lied nur ein Mal auf, den Zauber vom ersten Take könne man nicht mehr herstellen. So erging es mir, als ich zurückkehrte. Der Mantel, den ich mir anzog, passte mir nicht mehr und war mir zu eng geworden. Anfangs ist es schön, alles ist vertraut, und man genießt es, dass alles wieder seine Ordnung hat, aber bald mal beginnt man zu realisieren, dass es nicht stimmig ist, und bald mal ertappt man sich dabei, dass man wieder ausbrechen will aus diesem Gefüge, das man verlassen hatte. Natürlich, ich musste arbeiten und etwas Geld verdienen, nach einem Jahr unterwegs war ich pleite. Ich brauchte Geld, und der bequemste Weg dazu ist der, den man bereits kennt. Aber er führt in eine Sackgasse. Und warst du ein Jahr alleine unterwegs auf verschiedenen Kontinenten, willst du nicht mehr zurück.

Ich nahm also eine Stelle an einer Sprachschule an und mietete eine Wohnung in der Altstadt, holte meine Fußballschuhe wieder hervor und tat so, als sei alles wie davor, ich ging dieselben Wege wie zuvor und besuchte dieselben Bars, und doch war alles anders, ich wollte nicht da sein, wo ich war. Das ist wie mit einer Liebesbeziehung, wenn man sich trennt und sich ein paar Monate später wieder trifft. Anfangs schätzt man alles, was man in den Monaten vermisst hatte, und alles stimmt, man findet sich damit ab, dass nicht alles so ist, wie man es sich wünscht, und startet gemeinsam in einen zweiten Versuch, bald jedoch ertappt man sich dabei, dass man sich an denselben Sachen stört wie bereits vor der Trennung, man redet sich zu, dass das okay sei, und findet sich damit ab, aber das ist alles nur im Kopf, denn bald schon kommt der Moment, wo man das nicht mehr kann, wo sich der Körper querlegt, anfangs ist das noch eine mentale Sache, es belastet den Geist, bald aber spürt man den Widerstand physisch, wir können uns im Kopf verbiegen, aber der Körper lügt nicht. Man wird müde, man ist erschöpft, es fehlt der Antrieb und die Motivation, weil man gegen den eigenen Willen schafft, und da gibt es nichts anderes, als den Mantel, den man sich überwarf, wieder abzulegen und weiterzugehen. Da gab es keinen Weg mehr. Ich sollte das mehrmals mit einer Frau erleben, dass man wieder neu ansetzte und einen zweiten Versuch startete, der war aber für die Katz. Da ist kein Weg, du erwachst am Morgen und merkst, dass dich etwas bedrückt, du redest dir Mut zu und unternimmst Sachen, damit du nicht genau hinschauen musst, bis der Moment kommt, wo du dich fragst, wie lange du das noch so weitermachen willst. Du kannst es annehmen und dich ablenken, kannst eine Affäre eingehen oder ein neues Auto kaufen, kannst dich im Sport verlieren oder in den

Bergen, aber diese Liebe, die du hier lebst, die ist erloschen, und das weißt du sehr genau.

So erging es mir, als ich mich nach dem Jahr im Ausland in Chur wiederfand. Ich hatte bereits davor in Chur gelebt, und ich hatte gerne da gelebt, aber diese Zeit war vorbei. Ich ging durch die Altstadt, saß auf dem Arcasplatz, schaute an der Martinskirche hoch und ging über die Poststrasse, aber das alles war für mich vorbei. Ich lenkte mich mit irgendwelchen Liebschaften ab, die so schnell vergingen, wie sie kamen, und war in den Nächten viel unterwegs in den Bars, sodass ich am nächsten Tag übermüdet auf der Arbeit erschien. Ich war im Sommer zurückgekehrt, die ersten Sommerwochen und Monate brauchte ich, um mich wieder zurechtzufinden, ich war damit beschäftigt, es braucht seine Zeit, bis man wieder da ist. Aber es bleibt zwiespältig, du triffst die gleichen Leute, du gehst mit den gleichen Frauen ins Bett, du gehst durch die gleichen Straßen, du setzt dich in die gleichen Cafés und du sagst die gleichen Sätze wie zuvor, die Leute um dich herum sind rücksichtsvoll, du warst ein Jahr weg, aber jetzt bist du ja wieder da, und sie haben den gleichen Menschen erwartet, der ein Jahr zuvor ging. Aber den gibt es nicht mehr, zu viel ist in der Zwischenzeit passiert.

So stahl ich mich durch den Herbst und kam im Jahr 2003 an, in dem sich alles definitiv in eine andere Richtung entwickeln sollte.

Daran dachte ich, als ich an diesem Morgen zwanzig Jahre später auf der Terrasse stand am See. Die Tage am See waren still, ich war spät ins Bett gegangen und spät aufgestanden, und die Sonne war unentschieden an diesem Tag, mal schien sie durch die Wolken, und dann war der Himmel wieder zu, der Fischer war draußen, ich telefonierte am Abend, zahlte ein paar Rechnungen und hörte mir das *Köln Concert* von Keith Jarrett an, entdeckt hatte ich Jarrett in der Zeit, als ich in Spanien lebte, und ich dachte an den Pfarrer, der mir erzählt hatte, er habe Keith Jarrett in New York in einer Bar spielen hören, als er jung war und in New York gelebt hatte für eine Zeit, es war in einem kleinen Club in Manhattan, und Keith Jarrett sollte groß rauskommen die Jahre darauf, und ich machte mir eine Bleistiftnotiz, dass ich den Pfarrer anrufen wollte, ich hatte ihm gesagt, ich würde mich melden, als wir uns in der Stadt zufällig gesehen hatten. Das war nun auch wieder einige Wochen her, nachher blätterte ich in einem Buch und rauchte eine Zigarette auf der Terrasse, ein Güterzug donnerte vorbei, und wenn man die Augen schloss und der Güterzug vorbeifuhr, war es, als sei man irgendwo in New York und als sei das die Subway, die vorbeifuhr. Ich mochte das Geräusch der vorbeifahrenden Züge, das war der Sound aus meiner Kindheit, ich war an der Bahnstrecke aufgewachsen, und das Geräusch der vorbeifahrenden Züge würde mich stets an meine Kindheit erinnern. Es war ein kalter Tag, und wenn ich über den See schaute, sah ich den Fischer draußen mit seinem Boot.

Ich war also im Sommer 2002 in die Schweiz zurückgekommen, nachdem ich ein Jahr unterwegs gewesen war, der Sommer war vorbei, und der September verging und der Oktober und der November, und bald würde bereits das neue Jahr anbrechen, das Leben plätscherte vor sich hin, zuerst hatte ich meine Zeit gebraucht, um wieder in den Alltag reinzufinden, hatte das alte Leben angenommen und weitergeführt wie davor, ging zum Fußball und arbeitete viel, und an den Wochenenden war ich unterwegs, hatte meine Liebschaften, und nach dem Herbst brach auch bald das neue Jahr an, der Winter verging, und im Frühsommer hatte ich eine Reise im Auto in den Norden unternommen, war über Dänemark nach Schweden hoch und weiter nach Norwegen gereist, und als ich zurück war Anfang Sommer, stiegen die Temperaturen bereits im Juni auf Rekordwerte. Die Leute feierten den schönen Sommeranfang, in Wimbledon holte Roger Federer ein paar Tage später seinen ersten Grand-Slam-Sieg, und bald würde ich auf Amélie treffen. Aber davon wusste ich zu diesem Zeitpunkt noch nichts.

Der Sommer 2003 war angebrochen und sollte als Jahrhundertsommer in die Annalen eingehen und später als eine der größten Naturkatastrophen in der Geschichte des Kontinents, Europa litt unter einer fürchterlichen Hitzewelle, Wälder brannten, Flüsse trockneten aus, und Zehntausende Menschen starben wegen der Hitze, das war der Sommer 2003, der anfänglich noch als schönster Sommer gefeiert wurde. Die Temperaturen erreichten in ganz Europa Rekordwerte, und die Tage, an denen die Temperaturen über dreißig Grad stiegen, waren so zahlreich wie nie zuvor, bereits der Juni war so heiß wie nie gewesen, und bald würden die ersten Ernteausfälle beklagt werden, den Höhepunkt erreichte die Hitze in der ersten Augusthälfte, als die 40-Grad-Marke geknackt wurde, das Wasser fehlte überall, und während die Leute am Strand an den Meeren lagen und die Strände überfüllten, lag die Mutter in der Klinik mit einer Psychose. Es hatte sie überschlagen. Sie war an einem Morgen früh in diesem Sommer verschwunden, und wir fanden sie erst am Abend spät mithilfe der Polizei, sie war verwirrt und verängstigt, und wir fuhren sie in die Klinik, wo sie Medikamente erhielt und die ersten drei Tage durchschlief.

Ich stand am Fenster in der Klinik und schaute über das Tal, es war Abend, und die Hitze lag über der Stadt, die letzten Sonnenstrahlen zogen über die Wälder und belegten sie mit einem feinen Schimmer. Ein weiterer Hitzetag ging vorüber, und vor mir ausgebreitet lag Chur, ich mochte die Stadt, war aber nicht gerne da, ein Jahr war vergangen, seit ich zurückgekehrt war, und ich wusste, dass es mich wieder weiterziehen sollte, das Jahr in Chur sollte ein Zwischenjahr werden, zu sehr hatte ich mich entfremdet, und mir war klar, dass dies nicht mein Leben sein sollte. Hatte ich nach dem Jahr im Ausland noch mit dem Gedanken gespielt, hierzubleiben, stellte sich sehr schnell die Gewissheit ein, dass es nicht das war, was ich wollte. Ich war nach dem Jahr im Ausland etwas verloren und anfänglich noch froh um die Struktur, die mir das alte Leben gab, je mehr die Zeit verging, umso klarer wurde mir jedoch, dass ich mir was vormachte. Sodass ich im Frühling bereits angefangen hatte, mein Leben auszusortieren. Ich hatte mit dem Fußball aufgehört, der mir all die Jahre wichtig gewesen war, ich traf andere Leute als zuvor und spielte mit dem Gedanken, wieder ins Ausland zu verreisen.

Dann verschwand die Mutter an ebenjenem Morgen im Sommer, das war der Sommer 2003. Sie hatte ein hartes Leben gehabt und einen Punkt im Leben erreicht, wo alles zu viel gewesen war. Sie blieb zwei Monate in der Klinik, vielleicht waren es auch drei. Die ersten drei Tage in der Klinik schlief sie, und wenn ich sie besuchte, lag sie tief versunken im Bett. Sie stand unter Medikamenten und war nicht ansprechbar. Erst nach ein paar Tagen war sie für einige Augenblicke wieder wach und reagierte, wenn ich etwas sagte. Die Medikamente wurden angepasst, sie sagte zwar immer noch nichts, aber wenn ich sie ansprach, lächelte sie. Ich war froh für sie, dass sie für eine Zeit alles vergessen und sich ausklinken konnte, das war das Einzige, was ihr in dieser Zeit half, um aus der Gedankenschlaufe rauszukommen, ansonsten würden die Gedanken die Schlaufe um den Hals immer enger ziehen und nicht mehr loslassen. Und ich war froh, dass ihr nichts passiert war. Die Krankheit hatte sich schleichend angebahnt, und würde man Jahre später daran zurückdenken, würde man die Zeichen erkennen. Die erkannte man erst aus der Distanz, in dieser Zeit kam es unerwartet.

7

Ich ging tagsüber arbeiten, und abends besuchte ich die Mutter, oder wenn die Sprachkurse am Abend waren, fuhr ich tagsüber zu ihr hoch und besuchte sie, und war sie in den ersten Tagen noch nicht ansprechbar, waren bald erste kleine Spaziergänge raus auf den Flur möglich, manchmal wollte die Mutter nach ein paar Schritten wieder zurück ins Zimmer gehen und sich ins Bett legen, an anderen Tagen gingen wir raus auf die Terrasse und setzten uns an einen Tisch. Da saß sie also und schaute vor sich hin und drehte den Kopf hin und wieder zu mir und blickte mich an. Dann gingen wir zurück ins Zimmer, und sie legte sich ins Bett. Ich kannte das Personal inzwischen, und wir tauschten uns über die Fortschritte der Mutter aus, sie sagte zwar immer noch nichts und schaute einen mit diesem gläsernen Blick an, sie lächelte aber, wenn ich ins Zimmer kam oder wenn ich was sagte. Ich nahm die Jasskarten mit oder ein Spiel, und an anderen Tagen las ich ihr einen Artikel aus der Zeitung vor oder aus einem Buch. Was sie davon mitbekam, wusste ich nicht, aber sie mochte es, man sah es ihr an. Vielleicht würde sie sich später an nichts mehr erinnern können wie ein Freund, der einige Jahre zuvor im Koma gelegen hatte und den wir im Spital besuchen sollten und auch später oft in der Reha, und der sich, auch wenn er in der Reha auf das reagierte, was wir sagten, an keinen unserer Besuche erinnern konnte.

Die Mutter legte sich ins Bett, und ich stand am Fenster und schaute über die Stadt. Die Storen waren runtergelassen und gekippt, sodass sich an der Wand im Zimmer Streifen abzeichneten, während sich draußen vor dem Fenster ein weiterer Hitzetag über die Stadt legte. Chur war in diesem Sommer eine Stadt in Südspanien. Die Temperaturen blieben auch in der Nacht hoch, und ich hatte Mühe zu schlafen. Dann lag ich wach und hatte das Fenster offen. Das Fenster meines Schlafzimmers ging in den Innenhof, wo es etwas kühler war, und ich dachte an die Nächte in Südamerika, wo ich im Jahr zuvor gewesen war. An die Hitze in der Nacht würde ich mich nie gewöhnen. Erst gegen Morgen wurde es kühler. Ich schlief schlecht und stand auf, las ein Buch oder ging auf einen Spaziergang durch die Stadt, die in der Nacht ganz ruhig war und wo man niemanden antraf, und rauchte dabei Zigaretten. Dann legte ich mich wieder ins Bett und versuchte zu schlafen, und irgendwann kippte ich dann rüber. An die Hitze würde ich mich nie gewöhnen, auch später nicht, als ich in Spanien lebte und die Temperaturen im Sommer auf fünfundvierzig Grad steigen sollten, an solchen Tagen blieb man drinnen und ging nur am Morgen früh raus oder am Abend, tagsüber blieb man jedoch drinnen und hängte nasse Tücher vor die Fenster, damit es etwas kühlte, oder drehte die Klimaanlage auf, und in der Nacht lag man wach. Madrid war im Sommer leer, sobald der Juli anbrach, verließen die Leute die Stadt und verbrachten die Sommer am Meer, erst mit dem September kamen die Leute wieder zurück in die Stadt, und auf Mitte September nahm das Leben in der Stadt wieder Fahrt auf. Man flüchtete vor der Hitze, das hatte ich auch in Südamerika erlebt, in Salta im Norden von Argentinien, wo ich eine Woche geblieben war, nachdem ich von La Paz nach Argentinien gereist war. Sobald der Mittag anbrach, legte sich die Stille über die Stadt, die Läden machten zu, und die Straßen leerten sich, erst gegen fünf oder sechs Uhr am Nachmittag gingen die Läden wieder auf, und die Leute kamen aus ihren Häusern. Dafür waren die Straßen bis Mitternacht belebt und darüber hinaus, und ich dachte daran, dass es irgendwann Teile auf der Erde geben würde, die nicht mehr bewohnbar wären. Und je mehr sich die Erde erwärmte, umso mehr würden Teile der Erde zu Wüsten.

An anderen Tagen erlaubten die Ärzte, dass wir einen Spaziergang über die Anlage machten, die Mutter hängte den Arm bei mir ein, und wir gingen hinters Haus auf die Wiese, wo wir die Schuhe auszogen und barfuß über die Wiese gingen, dass es an den Füßen kitzelte. Das mochte die Mutter, sie lächelte, und ich lächelte zurück, irgendwie war es schön, die Mutter lächeln zu sehen, das war selten geworden in der Zeit, bevor sie in die Klinik gekommen war. Oder wir gingen hoch bis zum Waldrand und setzten uns auf eine Bank im Schatten unter den Bäumen und schauten über die Stadt. Dann saßen wir da und schauten schweigend über die Stadt und hingen den Gedanken nach, vielleicht dachte die Mutter in diesem Augenblick ans Meer, wo sie als junge Frau gewesen war, und ich dachte an das Jahr unterwegs, wie ich über die Kontinente gereist war, und an die Menschen, die ich angetroffen hatte, auf Reisen traf man die Welt, es waren stets die Begegnungen gewesen, die einen Ort ausmachten, mir hatte das immer gefallen, Leute aus der ganzen Welt anzutreffen, und ich würde auch später jeweils hellhörig werden, wenn jemand eine andere Sprache redete, es interessierte mich, daran dachte ich und an die Leute, die ich angetroffen hatte und die irgendwo auf dieser Welt ihre Kreise zogen. Ich brachte die Mutter in ihr Zimmer, wo sie sich ins Bett legte und einschlief, während ich den Ärzten Bescheid gab, mich verabschiedete und über die Parkanlage mit den großen Bäumen zurück zum Wagen ging und in die Stadt fuhr, das Auto im nahen Parkhaus abstellte und durch die Gassen der Altstadt zu meiner Wohnung ging. Das war auch die Zeit, in der ich Amélie traf. Aber dazu später.

Vielleicht waren wir alle etwas erstaunt über den heißen Sommer, der uns so unverhofft ereilte, und wer zuerst noch amüsiert war über den schönen Sommer, würde bald realisieren, dass der Sommer eine große Katastrophe war. Das Klima veränderte sich, die Erde erwärmte sich rasend schnell und brachte Tod und Verwüstung, der Sommer gab uns eine Ahnung von dem, was uns in Zukunft bevorstehen könnte, es hatte bereits davor Winter gegeben, die mager ausfielen und kaum Schnee brachten, und es hatte bereits davor Trockenperioden gegeben, aber so, wie der Sommer 2003 war, so was hatte man noch nicht erlebt. Die Welt war im

Wandel. So fühlte es sich an, und Chur litt unter der Hitze, die sich in den Bergen staute. Die Seeufer waren überlaufen von den Leuten, und in den Zeitungen waren Bilder von überfüllten Stränden abgedruckt, wo die Menschen in farbigen Badehosen und Bikinis Seite an Seite unter den Sonnenschirmen am Wasser waren. Und allmählich machte man sich über die Erderwärmung Sorgen. Das konnte man inzwischen nicht mehr leugnen. Die Erde erwärmte sich, und das schneller, als wir gedacht hatten.

Ich war fünfundzwanzig und frei, machten sich die Ersten in meinem Alter bereits Gedanken über die Zukunft und irgendwann später vielleicht auch übers Heiraten und Familie, war mir das Galaxien entfernt, ich dachte nicht mal im Ansatz daran, die Ersten, die mit mir durch die Gymnasialzeit gegangen waren, hatten das Studium inzwischen abgeschlossen und machten sich auf in ein ernsteres Leben, das interessierte mich jedoch alles nicht, bei mir ging es gerade in die andere Richtung, ich war dabei, mich von allem zu lösen. Es war mir alles zu eng, und spätestens seit dem Jahr auf Weltreise mied ich feste Strukturen, ich hasste alles, was mich einengen könnte. Ich war in keinem Verein und ich war in keinem Klub, und wenn mich etwas hätte einengen können, roch ich es auf Kilometer und tat alles, um da nicht reinzugeraten. Ich kannte viele Leute und hatte ein paar wenige gute Freunde, auf die ich mich verlassen konnte, und ich sah dieses Jahr nur als ein Zwischenjahr an und war mit der Frage beschäftigt, wohin mein Weg führen würde. Amélie war da gleich wie ich, und wenn wir miteinander schliefen, ging sie danach wieder und fragte auch nicht, wann wir uns wiedersehen würden. Wir redeten nicht darüber, weil wir nicht darüber reden wollten und beide wussten, dass unsere Zeit angezählt war. Und vielleicht war es ja genau das, was uns verband. Sie war mir nahe, sie war anders als die Frauen, die ich bisher getroffen hatte, und ich hatte sie sehr gern.

Ich war also mit dem Gedanken beschäftigt, wohin es mich tragen sollte, und löste das auf, was mir nicht mehr guttat. Im Frühsommer hatte ich mit dem Fußball aufgehört, und ich dachte daran, wie ich mir in einem der letzten Spiele eine rote Karte eingefangen hatte. Nach der zweiten gelben Karte hatte der Schiedsrichter die rote Karte gezogen, das war die Regel, fing man sich im gleichen Spiel zwei gelbe Karten ein, hatte das die rote zur Folge, was bedeutete, dass ich im nächsten Spiel gesperrt war, und soweit ich mich erinnerte, blieben nur noch wenige Spiele bis zum Saisonende, das Spiel mit der roten Karte war also eines meiner letzten, und das war auch gut so. Das war meine erste rote Karte gewesen, ich hatte all die Jahre, in denen ich Fußball gespielt hatte, nie eine rote Karte kassiert, darauf war ich stolz, ich spielte hart, aber fair, doch in diesem Spiel sah ich die rote Karte und war für das nächste Spiel gesperrt. So hörte also dieser Traum auf, den ich die ganze Kindheit und Jugend über geträumt hatte, ganze Nachmittage verbrachten wir auf dem Fußballplatz und träumten von Maradona und vom Wembley-Stadion und imitierten den Torjubel der großen Namen, liefen wie sie über den Platz und trugen dieselben Nummern wie die Helden aus unserer Kindheit. Nun war er also vorbei, dieser Traum, und ich lief nach der roten Karte mit den Schienbeinschonern in der Hand um den Platz herum zu den Kabinen und wusste in diesem Augenblick nur zu genau, dass es vorbei war. Man spürt das sehr deutlich, wenn etwas vorüber ist, nur braucht es auch den Mut, sich das einzugestehen und die Konsequenzen zu ziehen. Zwei Tage später teilte ich den Verantwortlichen mit, dass ich aufhören würde, und auch wenn sie mich überreden wollten weiterzumachen, stießen sie auf Granit. Ich hatte mich entschieden. Die Zeit hatte sich verändert, das Jahr im Ausland hatte mich geprägt, auch wenn ich nach dem Jahr im Ausland wieder ins alte Fahrwasser geriet, kam ich schnell zu dem Punkt, an dem ich wieder daraus ausbrechen wollte. Es veränderte sich vieles, und das war mir recht. Es war Zeit für einen Wechsel, und ich beobachtete das Ganze nur noch aus der Ferne, da war keine Wehmut und kein Bedauern, im Gegenteil, ich blieb ziemlich unberührt, und das sollte immer ein Zeichen sein, auch später, dass etwas vorbei war. Es fehlte mir nicht einen Moment lang, ich war nur noch froh, hatte ich diesen Schritt gemacht.

Und würde ich mir ein Jahr später in Buenos Aires im Stadion der Boca Juniors ein Spiel anschauen auf den Stehtribünen, wo es eng war und man Schulter an Schulter stand und die Leute nach vorne drängten, um auch noch einen Platz zu bekommen, und Augostin mir die Ehrenloge von Maradona zeigte, wo Maradona mit seinen Töchtern saß und ebenfalls das Spiel seines Clubs anschaute, war ich nur noch ein ganz normaler Zuschauer, der gerne das Spiel schaute, das war alles, und so war es vom ersten Moment an, als ich mich davon befreite, und sollte mir jemand später mal sagen, ich solle doch mit ihnen kommen und mitspielen, tat ich das nie, es reizte mich nicht mehr im Geringsten. Es war vorbei. Das ist wie mit einer Liebe, man geht nach

Hause, anstatt sich auf eine weitere Schlaufe einzulassen, und ist daheim froh, dass es vorbei ist. Es gab diese Momente in einer Liebe, wenn man erwachte am Morgen und wusste, jetzt ist es vorbei, das Gefühl ist so eindeutig, da gibt es gar nichts mehr zu machen. Da hat man keine Chance. Von einem Tag auf den anderen weiß man, jetzt musst du gehen. Das hatte ich hin und wieder erlebt und war immer wieder erstaunt, wie klar und radikal dieses Gefühl ist. Dafür gibt es keine Erklärungen, und sollte mir jemand sagen, ja, aber warum, hatte ich keine Antwort darauf, es stimmte einfach nicht mehr. Das ist nicht rational, manchmal staunt man selber, wie man das noch zwei Wochen zuvor anders sah. Ich war diesem Gefühl ausgeliefert. Und fragte mich eine Frau, ob wir es nicht doch nochmals probieren wollten, war ich wie ein Fels, da gab es keinen Weg mehr, keine Chance, da halfen keine Argumente und auch keine Gespräche und auch kein weiteres Treffen, nichts, rein gar nichts, es gab nur das Gefühl, das nicht mehr stimmte. Es sollte ein paarmal vorkommen, dass ich in diese Situation geriet, wo ganze Lebensentwürfe in einen projiziert werden sollten. Aber das waren nicht meine Sehnsüchte.

Ich hatte mir in jenem Frühling einen Fiat Spider gekauft, ich liebte diesen Wagen, er war in einem

Silbrig-Gold gehalten und hatte ein Holzlenkrad, es war ein 79er-Modell, ein Pininfarina, und inzwischen erlaubten die Ärzte der Mutter, die Klinik mal für einen Nachmittag zu verlassen, sodass wir gemeinsam auf einer Restaurantterrasse saßen und einen Coupe aßen, das liebte die Mutter, und wenn wir so dasaßen auf der Terrasse und einen Coupe aßen, dachte ich an die 80er-Jahre und an die Sonntage, wenn die ganze Familie ins Auto stieg und irgendwohin fuhr, um einen Coupe zu essen. Das Coupe-Essen war ein Nationalsport in den 80er-Jahren, alle aßen in diesen Jahren Coupes, ich musste etwas schmunzeln, wenn ich daran dachte. Die 80er-Jahre waren inzwischen Lichtjahre entfernt, die Welt hatte sich verändert, und ich saß mit der Mutter auf einer Restaurantterrasse in diesem Jahrhundertsommer und aß eben einen Coupe, wir machten das mit einem Lächeln, das war ein Relikt aus einer vergangenen Zeit. Die Mutter liebte den Rahm und redete immer noch kaum, das sollte noch eine Weile so bleiben. Danach gingen wir zu Fuß zurück zur Klinik, wir gingen langsam, und sie hatte den Arm bei mir eingehängt. Unter den großen Bäumen vor der Klinik blieben wir stehen und schauten in die Bäume hoch, wie mächtig sie waren, gingen dann über die Parkanlage zum Hintereingang der Klinik, und ich sagte ihr, dass ich am nächsten Tag wieder vorbeikommen würde und dass wir einen Spaziergang machen würden, sie lächelte, und wir umarmten uns.

8

Die Mutter hasste es, eingesperrt zu sein, sie hatte Panik davor gehabt, in die Klinik zu kommen, umso mehr genoss sie es, wenn sie für einen Augenblick die Klinik verlassen konnte. Auch ich hasste es, eingesperrt zu sein, ich konnte sie nur allzu gut verstehen. Ein paar Sommer zuvor war ich im Militär gewesen, und ich sollte in meinem Leben nichts Dümmeres erleben als das Militär. In jenen Jahren war es noch nicht üblich, dass man anstatt Militärdienst einen Zivildienst machte, das war damals noch mit erheblichem Aufwand verbunden und hieß auch, dass man anstatt der insgesamt 300 Tage Militär 450 Tage Zivildienst leisten würde, also eineinhalb Jahre würde hinblättern müssen dafür. Das Thema war mir gegen den Strich gegangen, und ich hatte es ausgeblendet und mich nicht darum gekümmert, bis eben der Brief ins Haus kam mit der Einladung zur Aushebung, sodass ich ein paar Monate einberufen wurde und mich zwischen all diesen jungen Männern wiederfand, ein Teil von ihnen war aufgeregt und motiviert, aber ich hasste es vom ersten Augenblick an. Das Erste, was ich machte, wenn ich fürs Wochenende nach Hause kam, war, diese Uniform auszuziehen und lange zu duschen, damit man diesen Geruch der Kaserne wieder loswurde. Ich ertrug es nicht, wenn mir jemand sagte, was ich zu tun hatte, das ging gegen meine Natur. Als ich später nach Spanien zog, schmiss ich den ganzen Plunder in den Müll, all das Zeug, das man vom Militär zu Hause aufbewahren musste, landete im Abfall, und ich tat das mit Genuss. Das war befreiend. Und ich hatte mir geschworen, dass ich mit diesen Leuten nie mehr etwas zu tun haben würde.

Die Autonomie war mein höchstes Gut, und wenn ich später daran zurückdachte, erstaunte es mich immer noch, was für eine Gruppendynamik in so einer Zeit entstehen konnte, da gab es viele, die machte es richtig an, wenn sie die Uniform trugen, die liebten es, wenn sie sich in den Dreck werfen und die Nächte mit dem Gewehr im Gebüsch verbringen konnten, und was mich vielleicht am meisten erstaunte, war, wie unreflektiert dies alles hingenommen wurde, da wurde nichts hinterfragt, man hätte diesen Leuten alles befehlen können, die hätten es ohne darüber nachzudenken gemacht, das war das

Erschreckendste am Militär, was für eine Dynamik da entstehen konnte, das Militär war ein kompletter Leerlauf, aber ein interessanter Ort, um die Menschen zu beobachten und wie sie sich in einem solchen Gefüge veränderten und sich plötzlich damit identifizierten. Da gab es solche, die machten es, um später bessere Aufstiegschancen zu haben im Beruf, und anderen gab das ein bisschen Selbstvertrauen, wenn sie das nachmachen konnten, was man ihnen vormachte, und irgendwann verhielten sie sich gleich wie die Vorgesetzten und nahmen ihre Sprache an und ihre Gestik und machten die gleichen Sprüche und stellten sich vor, selber da vorne zu stehen. Ich verachtete jeden Tag, den ich da verbrachte. Das war bereits in der Schulzeit so gewesen, hatte man einen Lehrer, der militärische Züge hatte, war bei mir Schluss, so fand ich in der Gymnasialstufe nie Zugang zur Chemie, der Lehrer war ein alter Militarist, und ich machte zu. Da stieß er auf Granit. Von Chemie habe ich noch heute keine Ahnung.

Wenn ich später an diese Zeiten im Militär zurückdachte, kam mir als Erstes ein kleiner Moment in den Sinn, der war ein Lichtblick gewesen, da war in einem Wiederholungskurs ein Koch, der unauffällig war und wenig sagte, er hatte rote Haare und stand am Rand, als ich über den Platz ging, am gleichen Abend kam er zu mir und sagte, ich sei Linksfüßer, was stimmte, und ich schaute ihn an, und er sagte, ich würde mit einem leichten Linksdrall gehen, wenn ich über den Platz lief. Es gab sie also doch, die interessanten Figuren, auch hier, der Koch hatte mich beobachtet, wie ich über den Platz gegangen war, und es war ihm mein Gang aufgefallen. Diese kleine Begegnung mit dem Koch, das war, was mir als Erstes in den Sinn kam, wenn ich ans Militär dachte. Es gibt die Leute, die sehen, und hin und wieder zeigen sie sich. Dieser kleine Moment würde mir stets in Erinnerung bleiben, und wenn ich jemandem begegnete, dachte ich gerne an den Koch, es sind oft die unscheinbaren Menschen, die am interessantesten sind, und nicht die, die eine große Klappe haben, und auch heute würde ich den Koch gerne wiedertreffen, einfach um ihm zu sagen, dass seine Beobachtung mir geblieben war über all die Jahre.

Umso besser verstand ich die Mutter und konnte nachvollziehen, dass sie es hasste, eingesperrt zu sein. Sie war in der geschlossenen Abteilung, und was es zusätzlich schwierig machte, war die Tatsache, dass niemand so genau wusste, wie lange das andauern würde und wie lange sie in der Klinik würde bleiben müssen. Ich wollte, dass sie wieder gesund war und dass sie wieder ein selbstständiges Leben würde führen können. Es gab also die Tage, an denen wir uns auf eine Restaurantterrasse unter einen Sonnenschirm setzten und einen Coupe aßen, an anderen Tagen machten wir einen Spaziergang über die Parkanlage und setzten uns auf eine Bank unter einem Baum in den Schatten. Sie schaute mich mit diesem gläsernen Blick an, und ich war mir nie sicher, wo sie sich gerade befand und an was sie dachte. Sie war ein Geheimnis, aber sie mochte es, wenn wir eine kleine Runde durch die Parkanlage machten und uns später ins nahe Restaurant auf die Terrasse setzten, die Tage waren geprägt von dieser Gleichmäßigkeit. Das gab ihr etwas Halt. Und wenn ich mich danach in den Spider setzte, war ich am Abend unterwegs, um den Kopf zu lüften. Im Auto steckte die CD von Moby, in diesem Sommer hörte ich Moby, *Extreme Ways* oder *Porcelain*, so hießen diese Lieder, es war ein zerbrechlicher Sommer, und auch Skunk Anansie hörte ich, ich mochte die Stimme der Sängerin und die Energie dieser Lieder. Würde ich Jahre später an diesen Sommer zurückdenken, würde ich stets wissen, was ich zu dieser Zeit gehört hatte. Die intensiven Zeiten, die brannten sich ein, die würde man nicht vergessen. Und Moby lieferte den Soundtrack zu diesem Sommer.

Auch sollten die Ärzte uns bald erlauben, einen Ausflug zu machen, sodass ich die Mutter in ihrem Zimmer abholte und wir uns in den Spider setzten und durch die Stadt fuhren. Beim Spider konnte man das Dach runterklappen, sodass wir an diesen schönen Sommertagen das Dach aufklappten und durch die Stadt fuhren, sie verließen und auf die Autobahn einbogen, und wenn wir so über die Autobahn fuhren und der Wind der Mutter die Haare in alle Richtungen zog, drehte sie den Kopf zu mir und schaute mich an und lächelte. Es war schön, wenn die Mutter lächelte. Der Spider war laut und hatte viel Kraft, und es gefiel ihr, wenn ich den Motor hochjagte und die Musik aufdrehte und wir schnell fuhren. Das waren schöne Momente mit der Mutter im Spider, wie wir über die Autobahn zogen am Morgen und dann über die Hauptstraße zum Crestasee hochfuhren und uns auf den Steg setzten und die Füße ins Wasser hielten. So saßen wir da auf dem Steg und sagten nichts, die Mutter schaute runter auf ihre Füße, die im Wasser waren, und beobachtete die Kreise, die sich um ihre Beine bildeten, wenn sie die Füße bewegte.

Solche Tage würden einem in Erinnerung bleiben, wie wir da im Spider über die Autobahn fuhren und die Mutter ein Lächeln im Gesicht hatte. Es gibt diese besonderen Momente im Leben, die sich einbrennen und die man über die Jahre mit sich tragen würde in ihrer ganzen Lebendigkeit. Ich liebte den Spider, und bereits diese Fahrt mit der Mutter über die Autobahn wäre es wert gewesen, ihn zu kaufen. Es war ein Klassiker, und ich hatte ihn für zehntausend Franken gekauft. Er soff viel, und alle paar Wochen musste ich Öl nachfüllen, aber das war mir gleich, ich liebte diesen Wagen und sollte auch später eine Schwäche für schöne Autos haben, ich mochte die Ästhetik und das Design, hätte mich jemand nach Zahlen gefragt, so was wusste ich nicht, ich hatte keine Ahnung, wie viel PS oder wie viel Hubraum oder Ähnliches der Wagen hatte, solche Sachen interessierten mich nicht, das, was mich interessierte, war, wie es sich anfühlte, wenn man den Spider fuhr, es war alles eine Frage des Feelings, ich würde auch später alles aus dem Gefühl heraus entscheiden. Das Gefühl stimmte oder stimmte nicht, das würde mein Kompass im Leben sein. Sachliche Argumente, das war ein Konstrukt, ich entschied stets nur aus dem Gefühl heraus.

Wir kamen gegen Abend an diesem Tag wieder in Chur an, und auch wenn alles ungewiss war, ich war zuversichtlich, dass die Mutter es packen würde, wir nahmen Schritt für Schritt, und mit jeder Woche, die sie länger in der Klinik war, erholte sie sich etwas mehr. Nebst den Spaziergängen durch die Anlage, die wir regelmäßig machten, waren nun auch Ausflüge möglich, und wenn wir auf der Bank unter dem Baum vor der Klinik saßen und einen Apfel aßen oder eine Birne und über die Stadt schauten, die unter der Hitze litt, kam eine gewisse Gelassenheit auf. Manchmal weiß man nicht, in welche Richtung sich etwas entwickelt, wir haben keine Sicherheit, dass es gut kommt, und wir wissen nicht, was morgen ist, aber ich war zuversichtlich, die Mutter war in guten Händen, sie nahm inzwischen an Aktivitäten teil, die in der Klinik angeboten wurden, es waren Spiele oder ein Nähatelier oder sonst etwas, das sie animierte, wieder zurück in den Alltag zu finden. Es gab Momente, da war sie wach und präsent, und dann versank sie wieder in sich, aber das gehörte zum Prozess, es war ein Wellengang, und sie brauchte ihre Zeit, und die hatte sie. Sie machte das gut.

In den Nachrichten wurden neue Temperaturrekorde gemeldet. Ich drehte das Radio lauter, ein weiterer Hitzetag stand an, und auch für die kommenden Tage wurden Höchsttemperaturen vorausgesagt. Ich war im Auto auf dem Weg zur Arbeit. War der Juli noch etwas ruhiger gewesen, zog die

Arbeit im August an, es gab mehr zu tun, und es gab Leute an der Sprachschule, mit denen ich mich gut verstand, da war ein schwedisches Paar, das ein Jahr in der Stadt verbrachte, ein paar Jahre später sollte ich sie auf einer Reise in den Norden wiedersehen, ich mochte ihre Mentalität und wie sie die Welt sahen, die Landschaft gefiel mir und auch die Menschen, die Menschen im Norden waren uns in vielen Belangen voraus, angefangen bei der Gleichstellung. Er liebte das Fischen, sodass wir fischen gingen, als ich sie in Schweden besuchte, dann waren wir auf einer der Tausenden von Inseln, saßen auf den Steinen und fischten. Ich sollte viele Jahre später nochmals nach Göteborg kommen für ein Festival, traf sie zwar nicht mehr an, aber ich dachte an sie, als ich durch Göteborg ging, und malte mir aus, dass sie sicher irgendwo am Fischen waren auf einer der vielen Inseln, und dachte daran, wie sie sich kennengelernt hatten. Sie konnte sich an diesen Jungen erinnern, den sie von ihrem Wochenendhaus aus gesehen hatte, wie er dort vorne immer auf demselben Stein am Fischen gewesen war. Sie hatte ihn bereits Jahre davor gesehen, bevor sie zusammenkommen sollten, als wäre ihre Geschichte bereits vorgeschrieben gewesen. Das erzählten sie mir, als wir Crevetten aßen vor ihrem Landhaus zwei Stunden nördlich von Göteborg.

Tagsüber arbeitete ich also an der Sprachschule, das war in Ordnung, es war nicht mein Traumjob, aber ich hatte mich damit abgefunden, dass dies für eine gewisse Zeit in Ordnung war. Sprachen hatten mich seit jeher interessiert, und ich sprach inzwischen verschiedene Sprachen fließend, ich lernte eine Sprache sehr leichtfüßig, und die Arbeit an der Sprachschule war ein Selbstläufer, es ging mir leicht von der Hand, und ich hatte ein gutes Gespür für die Menschen. Arbeiten machte mir per se nichts aus, ich war so aufgewachsen, dass die Arbeit stets Teil war vom Alltag, in den Sommern arbeitete man, das war üblich in der Kindheit und auch in der Jugend, es gab Sommer, da hatte ich auf dem Bau gearbeitet, das waren 50-Stunden-Wochen, und die bestanden darin, dass man Ziegelsteine schleppte den ganzen Tag vom Morgen bis zum Abend, dass man am Abend müde ins Bett kippte, bevor es am nächsten Tag um sechs Uhr wieder losging. Ein paar Jahre hatte ich auf dem Bau gearbeitet, und da bei uns das Geld stets knapp war, war auch klar, dass ich nach der Ausbildung zuerst arbeiten würde, um etwas Boden zu haben. So arbeitete ich auch in diesem Sommer 2003. Am Morgen oder am Nachmittag fuhr ich zur Mutter hoch, die Klinik war am Stadtrand gleich in der Nähe des Waldes, und abends, wenn die Arbeit fertig war, traf ich mich mit Leuten, mal war es ein Freund und mal war es eine Frau. Ich hatte keine Beziehung, war frei und lebte das auch, das änderte sich, als ich Amélie traf. War man davor einmal da und einmal dort, gehörten die Nächte jetzt ihr.

Ich weiß nicht, wo die Mutter war, wenn sie im Spider saß und wir über die Autobahn fuhren und der Wind ihr die Haare nach hinten zog, sie hatte ein Lächeln im Gesicht, und ich wusste nicht, wie viel sie von dieser Fahrt mitbekam und wo sie genau war, vielleicht dachte sie an das Meer, die Mutter erzählte hin und wieder, dass sie am Meer gewesen sei als junge Frau, in Italien sei das gewesen, und wenn sie davon erzählte, hatte sie einen anderen Gesichtsausdruck, sie erzählte vom Meer und wie die Wellen über den Sand zogen und wie sie ins Meer stieg, wenn die Sonne bereits tief stand und auf dem Meer glitzerte, sie erzählte davon, als sei das ein ferner Traum, vielleicht dachte die Mutter daran, wenn sie im Spider saß und wir über die Autobahn fuhren und sie in die Weite schaute. Die Mutter liebte das Meer. Sie war nur ein einziges Mal am Meer gewesen, aber sie liebte es. Ich glaube, sie hatte sich frei und leicht und unbeschwert gefühlt am Meer. Für einen Augenblick hatte sie die Enge der Täler vergessen, auf einmal war dies alles sehr weit weg gewesen, als hätte sie es abgestreift wie ein Kleidungsstück, alles war leicht. So erinnerte sie diese Tage am Meer, als sie eine junge Frau war und die Sorgen fern waren und einem das Leben offenstand.

Die Mutter wollte nicht zurück in die Klinik, und wenn wir mit dem Spider den Stadtrand erreichten und die Straße zur Klinik hochfuhren, schaute sie mich an und hielt sich an der Türe fest, sie wollte nicht zurück, sie wollte, dass es vorbei war, dass sie nicht mehr zurückmüsste in die Klinik, und wenn wir über den Parkplatz gingen und sie den Arm bei mir einhängte, schaute sie nach unten, ich weiß nicht, ob sie sich schämte, hier zu sein, aber wir müssen uns nicht dafür schämen, wenn wir auf die Nase fallen. Wir gingen zum hinteren Eingang und die Treppe hoch, an der Rezeption meldeten wir den Ärztinnen, dass wir wieder da seien, und wenn die Mutter ins Zimmer kam, zog sie ihre Schuhe aus und legte sich ins Bett. Sie wollte schlafen, bis sie hier wieder rausdurfte. Ich komme morgen wieder, sagte ich ihr, und sie schaute mich an, und dann machen wir wieder einen Ausflug mit dem Spider. Sie lächelte, ich verabschiedete mich und ging, machte die Türe zu und lief über den Korridor, durch die Fenster schien die Abendsonne und färbte den Korridor in einem dunklen Gelb, bis morgen, sagte ich zu der Ärztin und ging die Treppe runter, lief über die Parkanlage, stieg in den Spider und verließ das Gelände. Auch ich hasste es, eingesperrt zu sein, wenn man sich nicht frei bewegen kann, das war ein schlimmes Gefühl, ich verstand die Mutter nur allzu gut. Wir waren alle zu sehr mit dem Eigenen beschäftigt, als dass wir hätten realisieren können, was wirklich geschah. Die Mutter war an einem Morgen früh verschwunden, wir erreichten sie nicht an jenem Vormittag und kontaktierten am frühen Nachmittag die Polizei, es war ein langer Tag im Unwissen, hin und wieder riefen wir bei der Polizei an, die nichts Neues wusste, bis sich die Polizei am Abend spät meldete, sie hätten sie gefunden. Wir holten die Mutter auf dem Polizeiposten ab. Sie war verwirrt und wollte auf keinen Fall nach Hause. In dem Zustand, in dem sie war, blieb keine andere Wahl, als sie in die Klinik zu fahren. Sie war krank und brauchte Hilfe.

9

Der Sommer zog sich dahin, der August hatte seinen Höhepunkt erreicht, und die Temperaturen stiegen nicht mehr ganz in die gleiche Höhe wie noch ein paar Tage zuvor, bald wäre Ende August, und in den Nachrichten zeigten sich allmählich die Ausmaße der Katastrophe, Bilder von ausgetrockneten Flüssen und verdorrter Ernte flimmerten über den Bildschirm, die extreme Hitze hatte Zehntausende Tote gefordert, in der zweiten Augusthälfte sanken die Temperaturen etwas, und die Tage wurden wieder erträglicher, im Süden wüteten jedoch noch zahlreiche Brände, die durch den Wind und die extreme Dürre ganze Wälder zerstörten, und während ich mit dem Spider über die Straße runter in die Stadt fuhr und die Sonne tief über die Stadt zog, wusste ich noch nicht, dass ich ein Jahr später nach Spanien ziehen würde. Ich war im Sommer davor von der Weltreise zurückgekehrt und hatte mich so eingerichtet, dass es mir einigermaßen wohl war, war mir aber sicher, dass es mich weiterziehen würde. An Tagen wie diesen, wenn ich mit dem Spider in die Stadt runterfuhr, ertappte ich mich dabei, wie ich mir ausmalte, weiterzuziehen. Ich fuhr an einer Tankstelle vorbei und dachte an Hopper und seine Bilder, ging am Abend essen ins Drei Bünde, das gleich neben der Martinskirche war, dort aß ich gerne, in dieser Beiz saß man an langen Tischen, und es machte mir nichts aus, alleine essen zu gehen, ich machte das oft, und am liebsten ging ich ins Drei Bünde. Da hatte ich meine Ruhe. Vielleicht kam noch ein Freund mit, oder ich ging alleine und lief danach über die Reichsgasse zurück nach Hause. Ich wohnte in dieser Zeit in der Reichsgasse. Unten war eine Galerie und gleich um die Ecke waren ein kleiner Park und die Kantonsbibliothek. Ich mochte diese Ecke der Stadt. Es war eine unaufgeregte Ecke, ein paar Häuser, ein paar Straßen mit Pflastersteinen, und ging man diese hoch, erreichte man das Marsöl, von wo aus man über die Stadt sah, wenn man auf der Terrasse stand. Nach Chur sollte ich später lange nicht mehr zurückkehren. Ich hatte einige Jahre da gelebt und würde bald weiterziehen. Wohin, war aber noch nicht klar.

In dieser Zeit traf ich also Amélie. Wir hatten viel Sex, jedes Mal, wenn wir uns sahen, hatten wir

Sex, wir hatten Sex, wenn sie kam, und bevor sie wieder ging, schliefen wir nochmals miteinander, und je öfter man miteinander Sex hat, umso besser lernt man sich kennen. Sahen wir uns anfänglich, um miteinander zu schlafen, trafen wir uns später auch, um einander zu sehen. Das war schön. Das war ihre Zeit. Sie meldete sich tagelang nicht, ich mich auch nicht, bis sie wieder schrieb und wir uns sahen. Meistens trafen wir uns bei mir in der Gasse auf der Bank und rauchten eine Zigarette zusammen, bevor wir in die Wohnung hochgingen, und würde ich Jahre später an sie zurückdenken, fragte ich mich hin und wieder, wohin es uns getragen hätte, wenn wir da weitergemacht hätten. Aber sobald der Herbst vorbei war und der Winter anbrach und auch Weihnachten und Neujahr vorbei waren, ging ich wieder ins Ausland für ein paar Monate. Sie zog ins Tessin, und damit endete auch unsere Geschichte. Sie wollte nichts von mir und forderte auch nichts ein, und das machte es unbeschwert und leicht. Sie war mir näher, als ich es mir eingestehen wollte.

Am Wochenende ging man also aus und besuchte die Bars in der Untergasse, hin und wieder kehrte man früher nach Hause zurück, und an anderen Tagen wurde es später, und man kehrte erst in den

Morgenstunden wieder heim, und ich ging oft ins Kino. Das würde ich auch später gerne machen, vor allem, wenn mich etwas beschäftigte, ging ich ins Kino, dort konnte ich klar denken und liebte das Gefühl, wenn man spätabends aus dem Kino kam und in den Himmel schaute und all diese Sterne sah, nachdem man für zwei Stunden ganz woanders gewesen war mit den Gedanken. Ich sollte auch später in Spanien oft ins Kino gehen, da gab es ein altes Kino unweit von meiner Wohnung, zu Fuß hatte ich keine zehn Minuten bis dorthin, es lag etwas in den Gassen im Zentrum versteckt, und ein Eintritt kostete 1.35 Euro. Kam man da rein, war es, als sei man tief in den Sechzigerjahren, das Interieur war in Rot gehalten, und die Lampen mit vergoldeten Füßen warfen ein spärliches Licht in das Café, wo man sich setzte, bevor man in den Saal ging und die Vorstellung losging, dort wurden oft Autorenfilme gezeigt abseits vom Mainstream, ich sollte eine Liebe für die Filme von Jim Jarmusch oder Aki Kaurismäki entwickeln, und als ich in Spanien war, schaute ich mir alle Filme von Almodóvar an, die teils auch in den Straßen spielten, wo ich wohnte. Der erste Film von Almodóvar, den ich sah, war *La mala educación*. In Madrid würde ich mich mehr für die Kunst interessieren, alles verlagerte sich, ich las viel und interessierte mich insbesondere für den

Film. Aber noch war ich nicht so weit, noch war ich in Chur, es war der Sommer 2003 und Ende August, und Europa wurde von einer Hitzewelle heimgesucht. In diesem Sommer Ende August traf ich eben auf Amélie. Sie war lange im Ausland gewesen und war seit einigen Monaten wieder zurück und hielt sich mit Gelegenheitsjobs über Wasser. Ich hatte sie bereits früher in der Stadt gesehen, als ich siebzehn war oder achtzehn, wir hatten uns hin und wieder gegrüßt, wenn wir in der Stadt einander über den Weg liefen, aber miteinander geredet, das hatten wir nie.

Amélie war anders, und ich mochte ihre Art, sie saß auf der Bank am Fenster in meiner Wohnung, trug ein weißes T-Shirt und Unterhosen und keinen BH, hatte die Beine überkreuzt und rauchte. Und wenn sie so rauchte, schaute sie dich mit diesem Blick an, den ich nicht entschlüsseln konnte und den ich liebte. Ich liebte ihren Blick, und ich liebte die Nächte mit ihr. Und dachte ich später an sie zurück, würde ich immer ihre verwaschenen engen Jeans sehen und die roten Nägel und das türkisfarbene Oberteil und ihre Haare, sie hatte schöne Haare, ich liebte ihre Haare. Wir hatten uns nach Mitternacht getroffen, als sie fertig in der Bar war, und waren durch die Altstadt gegangen und hatten dabei geredet und gelacht und geraucht und uns in den Gassen der Altstadt verloren, gingen dann zu mir und tranken einen Martini und dann noch einen und küssten uns und zogen uns aus und schliefen miteinander, hörten uns danach Lieder von Johnny Cash an oder Tom Waits und lagen auf dem Sofa. Das war unsere erste Nacht. Keine Ahnung, was das war, aber es gefiel mir. Ich stand auf und setzte mich zu ihr ans Fenster, sie hatte sich das weiße T-Shirt angezogen und zündete sich eine Zigarette an. Ich schaute ihr dabei zu und nahm mir dann auch eine Zigarette aus dem Päckchen und setzte mich neben sie, bald würde der Herbst kommen, und je kühler die Nächte wurden, umso öfter sollten wir uns lieben. Aber das wusste ich in diesem Moment noch nicht, als wir das erste Mal da am offenen Fenster saßen und rauchten in dieser schönen Nacht Ende August.

Sie strich durch die Wohnung und sammelte ihre Kleider auf, die über den Boden verstreut lagen, die Hose lag bei der Türe, die hatte sie zuerst abgezogen, und der Pullover lag in der Mitte vom Raum, dann hier die Schuhe und irgendwo noch der BH, keine Ahnung, sie ging also in Unterhosen durch die Wohnung und nahm ihre Kleider zusammen, stieg in die Hose und schaute mich dabei an, während sie die Knöpfe ihrer Hose zumachte, die Fingernägel hatte sie rot gestrichen, sie nahm ihre Zigaretten und das Feuerzeug, packte mich am Kopf und küsste mich lange, bevor sie, ohne etwas zu sagen, zur Tür ging, bei der Tür nochmals zurückschaute, kurz innehielt und dann zur Tür raus verschwand. Ich hörte sie die Holztreppe runtergehen, hörte die Haustür knarren und ins Schloss fallen und hörte ihre Schritte auf den Pflastersteinen in der Gasse. Das war Amélie, sie sagte nie viel, und sie wollte zurück nach New York. Sie war dort gewesen für eine längere Zeit und hatte auch bleiben wollen, und es musste ihr das Herz gebrochen haben, nach Chur zurückzukommen. Auch sie wusste nicht, wo es sie hintragen würde. Die Geschichte mit Amélie fing jedenfalls Ende August an und sollte bis Ende Jahr dauern, unsere letzte gemeinsame Nacht musste um Weihnachten herum gewesen sein, ein paar Tage nach Weihnachten oder kurz vor dem Jahreswechsel, so genau weiß ich das nicht mehr, wir waren jedenfalls in Laax im Riders Palace, wo wir mindestens je eine Packung Parisienne geraucht hatten an diesem Abend und sie sich mit Martinis abgeschossen hatte, dann fuhren wir zurück nach Chur und schliefen miteinander. Das war im Winter, ein paar Tage später flog ich ins Ausland. So endete unsere Geschichte.

Der Herbst war inzwischen angebrochen, die Mutter erholte sich mit jedem Tag mehr, es war schön, sie so zu sehen, sie nahm an den Kursen in der Klinik teil, und sie redete wieder, sie sagte zwar nicht viel, aber ein kleines Gespräch war wieder möglich, und sie wusste, dass sie da rauskonnte, sobald es ihr wieder besser ging, und sie strengte sich an, mit jedem Tag einen Fortschritt zu machen, und auch später, als sie nicht mehr in der Klinik war, achtete sie auf sich, sie fürchtete sich davor, wieder zurück in die Klinik zu müssen, wenn es ihr nicht gut gehen sollte, sodass sie auf sich schaute, sie war eine starke Frau, sie hatte viel durchgemacht in ihrem Leben, es hatte sie überschlagen, aber sie wusste, dass sie das wieder packen würde und ein selbstbestimmtes Leben führen würde, daran glaubte sie, und daran glaubte auch ich. Ihre Tage in der Klinik waren gezählt, wir besprachen mit den Ärzten die nächsten Schritte, und sie durfte ein erstes Mal für einen Tag nach Hause, die Ärzte waren sehr darum bemüht, dass sie wieder Teil sei vom Leben da draußen und sich auch wieder in der Stadt bewegen konnte. Es war ein Reset, als würde man alles neu aufbauen, mit einer soliden Basis, so bekam sie in der Klinik Aufgaben, sie sollte den Fahrplan vom Bus lesen und eine Verbindung heraussuchen, und wenn sie so weit war, würde sie in die Stadt fahren können mit dem Bus und in einem Laden etwas einkaufen und dann wieder zurückfahren. Sie half in der Gärtnerei der Klinik aus und ging alleine ins Restaurant auf die Terrasse runter, wo wir einen Coupe gegessen hatten, und trank einen Kaffee. Es waren diese kleinen Dinge, die ihr Halt gaben, sie war inzwischen nicht mehr in der geschlossenen Abteilung, und die Aussicht, dass sie bald wieder würde nach Hause dürfen, beflügelte sie. Sie machte Fortschritte. Ich steigerte mein Arbeitspensum an der Sprachschule, je weiter der Herbst voranschritt, und wenn Amélie da war, sahen wir uns am Abend, dazwischen waren die Besuche bei der Mutter, und auch ich kam dem näher, was ich wollte. Ich hatte mich entschieden, dass ich nochmals für ein paar Monate verreisen würde, das war ein erster Schritt, in Chur wollte ich nicht bleiben, und ich spielte mit dem Gedanken, eine Zeit im Ausland zu leben. Der Gedanke gefiel mir.

Die Mutter wurde bald aus der Klinik entlassen, zuerst konnte sie mal ein Wochenende zu Hause verbringen, und im Verlauf vom September durfte sie nach zwei Monaten in der Klinik, oder vielleicht waren es auch drei Monate gewesen, wieder nach Hause, für sie brach ein neues Leben an, die Zeit in der Klinik war für sie ein Cut gewesen, und sie fand allmählich wieder in den Alltag zurück, das war schön anzusehen, die Spaziergänge behielten wir bei, auch wenn sie spärlicher wurden, aber sie war gut aufgehoben daheim und war über den Berg. Die Medikamente waren so dosiert, dass sie sich an den Tagen zurechtfand, und die Mutter würde über die Monate hinweg die Medikamente stetig reduzieren können, bis sie nach zwei Jahren schließlich keine Medikamente mehr brauchte. Amélie traf ich inzwischen auch hin und wieder tagsüber, wir unternahmen etwas zusammen oder fuhren irgendwohin, wie an jenem Sonntagabend, als wir im Spider auf dem Weg von Flims zurück nach Chur waren und sie den Kopf zurücklehnte und sagte, am liebsten würde ich sitzen bleiben, sodass wir weiterfuhren. Anstatt zurück nach Chur fuhren wir über den San Bernardino und kamen in Italien an, als es bereits dunkel war, und fuhren die Küste des Lago Maggiore entlang, aßen in einem kleinen Dorf in einem Restaurant und verließen es gegen Mitternacht, nahmen uns ein Hotelzimmer und schliefen miteinander, und etwas betrunken und noch halb angezogen schliefen wir dann ein.

Das war eine schöne Nacht. Am Morgen erwachten wir etwas verkatert, ich fuhr Amélie nach Locarno, sie blieb noch einige Tage da, und ich fuhr alleine zurück über den San Bernardino, wo ich auf dem Anstieg zum Pass eine Panne hatte. Es rauchte aus dem Motor vom Spider, sodass ich den Wagen in einer Kurve auf einem Parkplatz abstellte. Von dort aus sah man über das ganze Tal, sah die Dörfer, die der Straße entlang auf den Terrassen gebaut waren, und sah den Fluss, der sich durch die Talsohle schlängelte. Ich rief den Garagisten an, der mich beruhigte und sagte, ich solle den Motor abkühlen lassen, eine Zigarette rauchen und Wasser nachfüllen, was ich auch machte. Dann fuhr ich weiter und erreichte Chur gegen Mittag. Die Sonne schien, und es war Herbst. Ich sah Amélie erst zwei Wochen später wieder. Jede Nacht mit ihr war immer die letzte.

Irgendwann schrieb sie mir wieder, dass sie ein paar Tage da sei, und dann sahen wir uns, gingen essen, tranken Wein und schliefen miteinander. Nach dem Sex rauchten wir eine Zigarette am Fenster, sie hatte die Nägel rot angestrichen und trug enge Jeans, und wenn sie mich anschaute, hatte sie diesen schönen Blick. Danach ging sie die Treppe runter, und ich hörte ihre Schuhe auf den Pflastersteinen der Altstadt verschwinden. Das war Amélie, und das war schön. Sie fragte mich nichts, und sie wollte auch nichts, und das verband uns. Und wir hatten das gleiche Handy, ein blaues Nokia 8210, was uns sonst noch gemein war, weiß ich nicht, vermutlich ziemlich viel, aber darüber sprachen wir nicht. Es war der Herbst nach diesem Jahrhundertsommer, und auch wenn sich die Wälder allmählich verfärbten, blieb es warm und schön, so jedenfalls erinnere ich auch diesen Herbst. Mit Amélie war alles ungewiss. Das war mir recht. Zusammen eingeschlafen sind wir nur in Italien. Waren wir in Chur, ging sie danach meistens heim.

Das mit ihr war eine einfache Liebesgeschichte, aber eine schöne. Ich gab ihr keinen Grund zu bleiben, vielleicht war ihr das Grund genug, um wiederzukommen. Wir versprachen einander nichts, und vielleicht waren wir uns auch nicht treu, aber das kümmerte mich nicht, solange ich sie nicht danach fragte. Und das tat ich auch nicht. Vielleicht verband uns mehr, als wir meinten. Es war eine simple Liebesgeschichte, aber eben eine sehr schöne. Und vielleicht war da noch viel mehr, wenn ich an diesen Herbst im Jahr 2003 zurückdachte, dachte ich jedenfalls gerne an sie. Und dann kommen mir immer die hellblauen Jeans in den Sinn, die roten Fingernägel, das türkisfarbene Oberteil und der schöne Blick. Und ihre Haare, natürlich. Und wir hatten eben das gleiche Handy, ein blaues Nokia 8210, das war so hoch wie eine Zigarettenschachtel und halb so breit. Das war die Gemeinsamkeit, die sichtbar war. Ich stand also da auf der Terrasse und schaute über den See, der aufgewühlt war an diesem Tag, der Wind kam von Osten und zog kräftig über den See, und dachte an Amélie und an ihr Handy, das da neben meinem lag und gleich aussah. Das fand ich stets spektakulär, dass wir die technische Revolution so eins zu eins miterleben konnten. Smartphones gab es noch nicht. Der Bildschirm war noch nicht in Farbe, und für eine Kurznachricht hatte man eine genau vorgegebene Anzahl Zeichen, und jede Nachricht kostete zwanzig Rappen. Daran ließ sich ablesen, wie schnell sich die Welt inzwischen drehte. Und man musste nicht viele Jahre zurückgehen, damit es das alles noch nicht gab, was uns so unerlässlich schien plötzlich. Das behielt für mich stets etwas Surreales.

Amélie wollte zurück nach New York, von Sydney aus war sie nach New York gereist und war geblieben, und eigentlich wollte sie gar nicht mehr zurückkommen, nun war sie in Chur und zog weiter ins Tessin oder nach Italien und kam irgendwann wieder zurück nach Chur oder nach Zürich oder Basel oder Paris, wohin sie nachher ging, weiß ich nicht, danach hatten wir keinen Kontakt mehr, wir sahen uns lediglich noch ein einziges Mal sieben Jahre später auf einen Kaffee in Zürich, dabei blieb es. Die letzte Nacht war zwischen Weihnachten und Neujahr, vielleicht war es sogar der 26. Dezember, die Namen, die lagen bei mir kreuz und quer, aber die Daten, die konnte ich mir auf Jahre hinaus merken, nehmen wir also an, es war der 26. Dezember, wir fuhren von Chur aus mit dem Spider hoch nach Brigels an ein klassisches Konzert, auf der Rückfahrt blieben wir auf der Brücke in Tavanasa stehen, weil das Benzin alle war, schoben das Auto durchs Dorf bis an den Dorfrand, wo inzwischen eine zweite Tankstelle stand, tankten und fuhren von da aus weiter nach Laax das Riders Palace, wo man noch drinnen rauchen konnte und wo wir gerne waren in dieser Zeit, das Riders war der Ort, wo wir in den Ausgang gingen, ganze Nächte verbrachten wir da, wir standen also da an der Bar im Riders und tranken und rauchten gefühlte zwei Päckchen Parisienne, im Hintergrund pulsierten die Bässe, fuhren dann nach Chur, es war eine kalte und klare Nacht, die Straße war dunkel und am Straßenrand lag der Schnee, parkierten den Wagen am Rand der Altstadt und liefen über die Reichsgasse hoch in die Altstadt bis zur Nummer 48, wo ich wohnte, drückten die Zigarette aus und gingen die Treppe hoch in die Wohnung und liebten uns im Schlafzimmer auf dem Fenstersims, sodass ich mit den Knien jedes Mal gegen die Heizung stieß und es durchs ganze Haus tönte. Das war unsere letzte Nacht, ich würde ein paar Tage später abreisen, ich flog über Amsterdam nach Südamerika. Und als ich im Flugzeug saß und über das Wolkenmeer schaute, dachte ich an Amélie.

Ich mochte diese Zeit, ich mochte den Spider, ich mochte den Winter, diesen Pragmatismus, und ich mochte sie, und ich mochte das Gefühl vor dem Aufbruch. Es war eine aufregende Zeit, ich wusste, es würde mich nichts mehr lange halten, das spürt man, wenn man am Gehen ist, und ich hatte keine Ahnung, was kommen würde, aber ich wusste, dass sich alles komplett verändern würde, das Leben wäre danach ein anderes, und ich war hungrig, ich wollte da raus in diese Welt, ich wollte sie erleben, ich wollte immer neue Orte sehen und wollte mir das Leben reinziehen, und zwar ganz, es fühlte sich an wie Strom, und ich wollte ausbrechen, raus aus dem ganzen Gefüge und ganz neu ansetzen. Der Gedanke, komplett neu anzusetzen, das hatte so ein Flimmern, nicht zu wissen, was kommen würde, aber zu spüren, dass alles komplett anders würde, das machte mich an, das erregte mich, das machte mich komplett lebendig, das war für mich das Leben, es kickte mich so richtig, das war wie Sex mit Amélie, wenn wir zur Haustüre reinstürzten und uns die Kleider vom Leib rissen, uns die Hosen runterzogen und uns im Stehen gegen die Tür gelehnt liebten, wir waren jung und ungehemmt und alles war offen, das war elektrisch.

Mit ihr war auch der Sex anders, und wenn wir uns liebten, flüsterten wir einander Sachen zu, das törnte uns an, ich liebte es, wenn sie mir etwas zuflüsterte, und danach lagen wir mit einem Lächeln wie ein feiner Glanz im Gesicht auf dem Sofa und hörten irgendwelchen Sound, vielleicht etwas von Oasis, die wir beide mochten, oder ein Klassiker von den Rolling Stones, *Under My Thumb* oder *Wild Horses,* oder *Paint It Black,* in Live-Versionen, ich hörte bereits damals fast ausschließlich Live-Versionen von Liedern, live ist pur und hat die Ehrlichkeit einer Skizze, es geht nichts über einen Live-Take, da waren wir uns einig, ich liebe es noch heute, wir hörten also Live-Aufnahmen der Stones oder eben Skunk Anansie, die mochte ich in dieser Zeit auch sehr, oder dann Smashing Pumpkins, die ich, seit ich achtzehn war, all die Jahre gehört hatte, vermutlich hörten wir so etwas, das war der Sound dieser Zeit, und lagen da auf dem Sofa, während die Nächte kalt waren und die Zeit keine Rolle spielte, irgendwann würde es wieder hell werden, der Tag kam einher mit einem feinen Dunst, aber die Nächte dauerten so lange, wie wir sie haben wollten, und ich mochte die Klarheit dieser Nächte im Oktober oder im November oder Dezember, sie trugen das Flimmern in sich, sie surrten, sie hatten die Spannung einer Stromleitung, es fühlte sich karg an und wach und lebendig, und als ich ein paar Tage nach unserer letzten Nacht im Flugzeug saß und über das Wolkenmeer schaute, war das Jahr 2004 angebrochen.

Ich dachte an sie und was für einen Weg sie machen würde, ich würde keinen Kontakt mehr mit ihr haben, jeder ging jetzt seinen Weg, und ich sollte sieben Jahre nichts mehr von ihr hören, bis wir eben an einem Tag in Zürich einander wieder gegenübersaßen, beide etwas überrascht oder auch überfordert, es war vertraut und doch fremd. Das sollte das einzige Mal sein, dass wir uns noch sehen würden, dachte ich und schaute über den See, ich hatte mich hin und wieder gefragt, wo sie sei und was für ein Leben sie führte, ob sie vielleicht wieder in New York war und ob sie glücklich sei, dort, wo sie gerade war, aber ich hatte mich nie gemeldet und sie sich auch nicht.

10

Ich erwachte gut an diesem Morgen, in der Nacht war ich kurz aufgewacht und hatte über den See geschaut, der Nebel hing über dem See, aber die Nacht war ruhig, und am Morgen löste sich der Nebel langsam auf, und die Sonne zog fein über den See. Ich machte mir einen Kaffee, zog den dicken Mantel an und ging raus auf die Terrasse, telefonierte mit einem Freund und fuhr zum Bäcker, holte Brot und Croissants, es war ein Montag, ein ruhiger Montag, am Wochenende waren die Lauberhornrennen in Wengen gewesen, Janka hatte sich vom Weltcupzirkus verabschiedet nach einer eindrücklichen Karriere, und ich achtete seinen Mut, im richtigen Moment einen Schlussstrich zu ziehen und neue Wege zu gehen. Ich hatte die Slalomrennen am Nachmittag geschaut und war am Abend im Kino gewesen und hatte mir *Spencer* mit Kristen Stewart in der Hauptrolle angesehen, die Lady Di spielte. Zurück am See hatte ich noch was gegessen und war bald eingeschlafen, um am

Morgen dazustehen und über den See zu schauen, und wenn ich die Augen schloss und die Züge vorbeidonnerten, hörte es sich an wie in Chicago oder Paris oder Amsterdam. Wächst du an der Bahnlinie auf, schlägt dein Herz irgendwann im Rhythmus der einfahrenden Züge. Der Zug würde stets die Verbindung in die Welt sein. Es war Januar, und der Tag war wiederum klar.

Ich hörte *Wild Horses* von den Rolling Stones in einer Live-Version aus dem London Stadium zusammen mit Florence Welch, da gab es diesen Moment im Lied, wenn Florence einsetzte, *I watched you suffer*, singt sie in einem derart betörenden Ton, ich würde das Lied immer wieder hören, genau wegen diesem Moment, wenn sie einsetzte, und dachte an Amélie und an diesen Morgen Anfang Januar, ein paar Tage nach der letzten Nacht mit ihr, das war inzwischen zwanzig Jahre her, vielleicht waren es neunzehn Jahre oder einundzwanzig, das machte keinen Unterschied, ab einem gewissen Punkt rechnet man in Jahrzehnten und nicht mehr in Jahren, wir waren jedenfalls unbeschwert und leicht, und das machte diese Liebe zeitlos, in diesem Moment weiß man das noch nicht, man weiß nur, dass man gerne da weitergemacht hätte, erst aus der Distanz realisiert man die Größe, und aus der Distanz reduziert sich das Leben auf die Schlüsselmomente, und für mich war dies einer, als ich im Flugzeug saß und wusste, dass ein neuer Anfang bevorstand, ich war nun auch bereit, es durchzuziehen, und saß an diesem Morgen im Januar im Flugzeug am Fenster und schaute über den Flügel hinweg auf dieses endlose Wolkenmeer, die Sonne zog über die Wolken, und ich war etwas in Watte nach der Zeit mit Amélie, mit ihr wäre ich gerne weitergezogen, sollte sie aber für sieben Jahre nicht mehr sehen.

Sieben Jahre und unendliche Schlaufen später saßen wir uns also an einem Januartag in einem Café in Zürich gegenüber, beide etwas verlegen, sich so viele Jahre später wiederzusehen, aber das war das letzte Mal, dieser kleine Moment in Zürich, und wenn man sich verabschiedet, weiß man, dass man sich irgendwann wiedersieht oder sich über den Weg läuft, vielleicht würden nochmals ein paar Jahre vergehen, drei oder fünf oder zehn oder zwanzig, vielleicht würde man sich erst im Alter über den Weg laufen, wer wusste das schon, und vielleicht würde man darüber lachen, wie man gewesen war, als man Mitte zwanzig war, und darüber reden, was für Musik man hörte und was man unternahm und wie es sich anfühlte, wenn man zusammen erwachte am Morgen, und unweigerlich würde man sich fragen, wo man wäre, wenn man diesen Weg zusammen gegangen wäre, das waren alles Entwürfe eines möglichen Lebens, das nie stattgefunden hatte, das blieb in der Möglichkeitsform, und man würde wissen, dass dies alles nie eintreffen würde, weil man sich genau in diesem Moment dann für einen anderen Weg entschied, und ich dachte daran, dass ich nach Brisbane geflogen war und nicht nach San Francisco, wo mich ein ganz anderer Weg erwartet hätte, vielleicht hätte ich dann auch nie Amélie getroffen, so Gedanken machte man sich dann, wenn man sich wiedersah und merkte, wie viele Jahre übers Land gezogen waren, wie viele Nächte vergangen waren und wie viele Winter man erlebt hatte. Und immer war es ein kleines Detail, das dazu führte, dass der Weg ein ganz anderer wurde.

Amélie hatte sich verändert, sie war eine sehr schöne Frau, aber sie war eine andere Frau geworden, die reiferen Züge standen ihr, und in ihren Augen sah man dieses Funkeln, das mich bereits seit jeher angezogen hatte. Ich hatte in den Jahren viele Leute getroffen, hielt aber keinen Kontakt mehr zu ihnen, wenn ich ging, dann ging ich, und jeder machte seinen Weg. Ich schaute nach vorne, auf das, was vor mir stand. Ich flog an diesem Morgen los, noch etwas bewegt von der Zeit mit Amélie, und wusste auch nicht so genau, was mich erwarten würde die nächsten Monate und vor allem, was kommen würde, wenn ich zurück wäre. Davor hatte ich Respekt, du kannst nicht zurückkehren und dann so weitermachen wie zuvor, diese Reise stand unter einem anderen Stern, ich wusste nun, dass ich nicht da sein wollte, wohin ich zurückgekehrt war, und ich wusste, dass ich nicht würde heimkehren können und weitermachen, das ging nicht, das nahm mir den Atem, es engte mich ein. Und ich würde den Mantel bald ganz in den Schrank hängen und mein Leben auf den Kopf stellen. Das war das Einzige, das sicher war an dieser Reise, dass ich, sobald ich zurück sein sollte, alles endgültig auflösen würde und komplett ändern.

Ich flog nochmals nach Südamerika für ein paar Monate, besuchte kurz Esmeraldas, traf Hernandez, der auf seinem Stuhl vor dem Laden saß und übers Meer schaute, ich hatte mich nicht angemeldet, sondern fuhr einfach hin und tauchte ohne Vorankündigung auf, und er saß da auf seinem Plastikstuhl wie anderthalb Jahre zuvor, es war schön, ihn wiederzusehen. Ich meldete mich aber nicht bei Maria, sie wusste nicht, dass ich in der Stadt war. Ich blieb nur wenige Tage in Esmeraldas und zog dann weiter in Richtung Süden, nach Guayaquil, dann weiter nach Lima, wo ich wiederum ein paar Tage blieb und mit den Taxifahrern die Stadt abfuhr, zog ein paar Tage später weiter und landete irgendwann in La Paz, das mir gar nicht gefiel. Die Stadt mit dem Altiplano, der Hochebene, war spektakulär, und von der Hochebene gelangte man in den Kessel, in dem die Stadt lag. Aber sobald ich in La Paz ankam, wusste ich, dass ich da wieder wegwollte. Ich ging noch am gleichen Tag zum Busterminal, um ein Ticket für die Weiterfahrt zu lösen, nach Brasilien, hätte dafür aber beinahe eine Woche warten müssen, bis ich einen Anschluss gehabt hätte, sodass ich nach Argentinien reiste, wofür ich lediglich drei Tage bis zur Weiterfahrt warten musste. Ich musste also drei Tage in La Paz bleiben, bis ich weiterfahren konnte. Ich mochte die Stadt nicht, sie hatte eine eigenartige Energie, ich mochte das Essen nicht, und ich war etwas verloren dort, etwas rastlos und ungeduldig, und ich vermisste Amélie. Ich kaufte mir ein paar Bücher und auch Zeitungen und vertrieb mir so die Zeit, aß in guten Restaurants, wurde aber nicht warm mit der Stadt, bis ich drei Tage später endlich im Bus nach Argentinien saß.

Am zweiten Tag in La Paz saß ich im Fußballstadion im Zentrum, im Estadio Olimpico, es war ein schöner Tag, es war ein klarer Tag, und ich dachte an die Fußballmannschaften aus anderen Ländern, die sich hier in den Qualifikationsspielen für die Weltmeisterschaften die Zähne ausbissen, auf einer Höhe von 3600 Metern über Meer bedeutete das für Mannschaften aus anderen Ländern wie Brasilien, Argentinien oder Uruguay eine große Hürde, die Höhe war der Trumpf der einheimischen Mannschaft, die dadurch den großen Mannschaften hin und wieder einen Punkt abnahm. Ich saß also da irgendwo zuoberst alleine auf den Rängen vom Stadion, das Stadion war beinahe leer, es gab keine Sitze, man saß auf den geschwungenen Betonringen, und unten auf dem Platz spielten irgendwelche Mannschaften. Keine Ahnung, wer da spielte, ich hatte einfach ein Ticket gelöst und mich zuoberst auf die Tribüne gesetzt, und von meinem Platz aus sah ich über die Kreise des Stadions hinweg auf die Stadt, die Wolkenkratzer ragten über den Rand des Stadions hinaus, es war ein Sonntag, und ein Mann mit einem Bauchkiosk kam vorbei. Ich kaufte irgendwas und lehnte mich mit dem Rücken gegen den Beton.

Ich mochte La Paz nicht, ein Ort ist immer ein Gefühl, und das stimmte hier nicht, von Lima aus war ich nach La Paz gereist, du fährst über die Hochebene, die teils mehr als 4000 Meter über Meer liegt, und erreichst die zahlreichen Vororte der Stadt und näherst dich immer mehr dem Kessel, in dem die Stadt liegt. Ich fand mich also am Tag nach meiner Ankunft im Estadio Olimpico wieder und schaute über den Stadionrand hinweg auf die Hochhäuser, von Weitem war der Verkehr zu hören. Es war früher Nachmittag, etwas später an diesem Tag sollte ich auf ein Inserat für eine Stellenausschreibung in Madrid stoßen, ich sah das Inserat online und überlegte nicht lange, sondern schrieb einfach, dass ich komme. Es war ein Bauchentscheid, natürlich, ich musste noch das Auswahlprozedere durchlaufen, hatte mich aber entschieden, dass ich ab Sommer in Madrid leben würde. Das fühlte sich richtig an. Ich war noch nie in Spanien gewesen davor, und als ich zwei Monate nach diesem Tag im Stadion in La Paz wieder in der Schweiz zurück sein sollte, unterschrieb ich für drei Jahre, ohne dass ich je davor in Spanien gewesen wäre. Würde ich später an La Paz zurückdenken, war das für mich der Augenblick im Stadion und das Tor zu Madrid, das an diesem Tag aufging. So bekam La Paz eine andere Bedeutung, eine versöhnliche. Wäre ich nicht nach La Paz gereist, wäre ich vielleicht gar nie in Spanien gelandet, wer wusste das schon so genau. Das Leben nahm manchmal unerwartete Wendungen, und die Frage war, ob man bereit war, sich auf diese einzulassen. Spanien sollte eine ganz besondere Zeit werden, und bereits wenige Monate nach dem Tag im Olympiastadion würde ich an einem Sonntagnachmittag im August im Zentrum von Madrid stehen, mit nichts außer zwei Gepäckstücken, und an den Häusern hochschauen und etwas darüber staunen, wie alles plötzlich sehr schnell gegangen war und ich vor einem neuen Kapitel in meinem Leben stand.

Seit diesem Tag in La Paz wusste ich, wohin die Reise ginge, sobald ich zurück sein würde. Die restliche Zeit in La Paz schlug ich irgendwie tot und saß den Tag darauf im Bus nach Argentinien. Die Fahrt dauerte 40 Stunden. Ich hatte bereits in Australien mal eine vierzigstündige Reise im Bus unternommen, als ich Broome verlassen hatte und in den Norden gereist war, es war mir vorgekommen wie vier Wochen, hatte aber auch etwas Schönes gehabt, du schläfst und fährst, und draußen vor dem Fenster zieht die Landschaft vorbei und verändert sich, war es gerade noch früh am Morgen, war bereits wieder Mittag, der Nachmittag zog vorbei, der Himmel verfärbte sich, und die Nacht brach bereits bald wieder an, bis am nächsten Morgen die Sonne wieder aufging. Alle paar Stunden war wieder eine Straßensperre, und alle paar Stunden gab es eine Pause, ich war froh, als ich in Argentinien ankam. Von Salta aus zog ich nach Córdoba und eine Woche später nach Buenos Aires, wo ich zwei Wochen blieb. La Paz war schrecklich gewesen, aber Buenos Aires gefiel mir, da war ich gerne. Ich hing mit den Leuten aus dem Quartier rum, sie führten das Hostel und waren am Abend jeweils auf dem Dach vom Hostel, dort auf dem Dach aß man und stieß an, und gegen Mitternacht stieg man ins Taxi und fuhr in die Ausgangsviertel, viele Bars gingen erst um Mitternacht auf, und man kam am Morgen zurück, um sechs oder sieben oder acht, wenn es bereits wieder hell war, schlief tagsüber und stand am Nachmittag auf, trank einen Kaffee, aß etwas und verlor sich am Abend wieder in die Weite der Stadt.

So ging das zwei Wochen lang, Buenos Aires schlief nicht, und mir gefiel die Stadt, ich dachte an Maradona, von dem ich einen Film sah in einem alten Kino, ich las eine Biografie über Maradona und dachte an die WM 1986, wie das ganze Dorf bei der Tante in der Beiz vor dem Fernseher saß und jubelte, als wäre Maradona einer von uns, und wir uns in den Armen lagen, als Maradona Burruchaga im Final mit einem Zuckerpass von der Mittellinie aus losschickte und Burruchaga um sein Leben lief und den Ball zum 3:2 für Argentinien ins lange Eck versenkte, da gab es bei uns in der Beiz der Tante kein Halten mehr, an diesem Tag waren wir alle Argentinier, und als Maradona den Pokal in die Höhe stemmte, war ganz Buenos Aires in Weiß und Hellblau, Maradona, dieses Wunderkind, hatte sein Land in einen kollektiven Freudentaumel geschickt, und dafür würden sie ihn auf ewig lieben, diesen Burschen, der aus den Armenvierteln kam und mit nichts außer mit dem unglaublichen Talent gesegnet war, Fußball zu spielen, er eroberte an diesem Tag die Welt. Auch ich liebte Maradona, in meiner Wohnung hing seit Jahren eine Postkarte mit dem Bild von Maradona, die mir eine Freundin aus Buenos Aires geschickt hatte, als sie dort gewesen war. Ich liebte Maradona, und das Gefühl, in Buenos Aires zu sein, wo Maradona gewesen war, das war aufregend und beglückte mich.

Ich sollte in Südamerika oft erleben, wie die Kinder aus den Slums am Strand Fußball spielten und davon träumten, mal in den Stadien dieser Welt zu spielen, sie spielten am Strand und in den Hinterhöfen, sie spielten in den Straßen und träumten diesen Traum, den nur ganz wenige von ihnen würden realisieren können und der ihnen ein schöneres Leben bringen sollte. Der Fußball war für viele der einzige Weg aus der Armut, und ich dachte an die Zeit in Esmeraldas, als wir Fußball spielten mit den Kindern aus den Slums, die nichts hatten außer dem großen Traum, für die der Fußball ein kleiner Moment war, in dem sie all das Elend und die Gewalt und die Aussichtslosigkeit des Lebens in den Außenvierteln vergessen konnten, wo sie in Hütten in den Hängen der Stadt lebten ohne Strom und ohne fließendes Wasser, wo die Straßen nicht asphaltiert waren und keine Namen hatten. Und am Strand in Esmeraldas, wenn die Sonne an den Sonntagen tief stand und allmählich unterging und sie in Honig tauchte und im Gegenlicht ihre Silhouetten abzeichnete, sah man sie noch bis spät am Strand Fußball spielen, während die Eltern oder die Mutter oder der Vater oder die Tante von einem Kühlschrank träumten oder von einer regelmäßigen Arbeit, die ihnen erlaubte, irgendwann vielleicht mal eine Wohnung mit Strom und fließend Wasser zu haben, und das Einzige, was ihnen etwas Hoffnung gab, war dieser Traum. Der Fußball war für sie die Welt, und der Fußball war der Weg aus der Armut, für viele der einzige.

Buenos Aires war wild und ungezähmt und nahm die auf, die seit Jahren unterwegs waren, so traf ich auf einen Holländer, der durch die Welt reiste und sein Geld durch Sportwetten verdiente, offenbar musste er gut sein, denn er war bereits seit zwei Jahren unterwegs. Buenos Aires nahm sie alle auf. Die Finanzkrise hatte dem Land zugesetzt, in jener Zeit steckte es tief in der Inflation, die Taxifahrer erzählten von der Zeit, die sie durchlebten, man sah es an jeder Straßenecke, die Banken waren teils verbarrikadiert und die Wände vollgesprayt, und der Fußball bot etwas Abwechslung vom Alltag. Fußball war eine Religion, und war ich viele Jahre später in Napoli, wo Maradona in den späten Achtzigern gespielt hatte, fanden sich neben den Ständen mit Kruzifixen und Heiligenbildern Fußballtrikots mit der Nummer 10. Maradona war ein Gott, Messi war zu dieser Zeit 16 Jahre alt und sollte im Jahr darauf sein Debüt für Barcelona geben, die Leute sprachen davon, dass da ein Junge sei, der alles mit dem Ball könne und einer der Größten werden würde, aber zu jener Zeit war er erst 16, und Maradona, er war ein Gott im Land, er hatte ihre ganze Liebe.

11

Die paar Monate seit meiner Abreise waren verflogen, ich war inzwischen 26, und sobald mir klar war, in welche Richtung sich alles entwickeln würde, fühlte sich alles anders an, es blieben mir noch ein paar Tage in Buenos Aires, dann würde ich über Frankfurt zurück nach Zürich fliegen. Mit Buenos Aires endete auch das Kapitel Südamerika, diese Zeit war vorbei. Ich sollte erst zehn Jahre später wieder nach Buenos Aires kommen für ein Festival, ich war über Wien und Luxemburg nach Buenos Aires gekommen und verließ die Stadt nach ein paar Auftritten wieder. Am letzten Abend in Buenos Aires ging ich ins Kino und schaute mir den Film *Historias mínimas* von Carlos Sorín an, der die Geschichte eines alten Mannes erzählte, der sich auf die Reise macht, um seinen Hund wiederzufinden. Der Film spielte in Patagonien, und später in Madrid würde ich mir den Film wiederum im Kino anschauen. Die Filme, die mir gefielen, schaute ich mir stets mehrmals an, und immer im Kino, ging ich am Abend ins Kino und gefiel mir der Film, ging ich am Abend darauf wieder ins Kino und schaute mir nochmals denselben Film an. Das würde ich auch noch zehn Jahre später so machen. Der letzte Abend in Buenos Aires war also im Kino mit dem Film von Sorín, ich packte am Morgen meine Tasche und fuhr mit dem Taxi zum Flughafen, hatte ein schönes Gespräch mit dem Taxifahrer, der von seinem Sohn erzählte, während die Landschaft vor dem Fenster vorbeizog, rauchte vor dem Flughafen noch eine Zigarette, checkte ein, ging durch die Passkontrolle und setzte mich vor die großen Fensterscheiben am Terminal, von wo aus man die Flugzeuge abheben sah.

Ich machte einen Kaffee, zog den Mantel an und setzte mich draußen auf die Terrasse, es war Nachmittag, das Licht war schön und der See war ruhig, ich zündete mir eine Zigarette an und schaute dem Fischer zu, der mit seinem Boot draußen auf dem See war, im Gegenlicht war seine Silhouette dunkel, und man sah den Pfosten vorne an seinem Boot, an dem er seine Lampe anmachte, wenn er am Morgen früh raus auf den See fuhr und es noch dunkel war. Ich hatte auch auf dieser Reise mein Handy zu Hause gelassen, hin und wieder rief ich aus einem

Internet-Café zu Hause an, manchmal war die Verbindung gut, manchmal war sie schlecht, ich las Zeitungen und liebte das Spanische, sprach mit den Leuten und verlor mich in den Nächten, bis auch diese Zeit vorbei war und ich im Flugzeug in Richtung Frankfurt war, und als ich so dasaß, dachte ich an Amélie und wo sie gerade sein würde, ich dachte an unsere Nächte und daran, wie sie meinen Namen sagte, wenn sie mich anschaute. Und irgendwie fühlte sich das alles schön und leicht an.

Zurück in der Schweiz ging alles sehr schnell, ich arbeitete noch ein paar Wochen, kündigte dann die Stelle an der Sprachschule und verkaufte den Spider, gab die Wohnung auf und zog im Sommer nach Spanien. Ich hatte für drei Jahre unterschrieben und landete an einem Tag im August 2004 in Madrid, nahm die Metro ins Zentrum und stand da zwischen den Häusern mit zwei Gepäckstücken, es war ein warmer, sonniger Tag in dieser Stadt, die ich davor noch nie besucht hatte, und dachte daran, dass ich hier irgendwo eine Unterkunft gemietet hatte, es war ein Sonntagnachmittag, ich war wieder mal pleite, auf dem Konto war ich fünfhundert Franken im Minus, alles war ungewiss, und ich freute mich auf alles, was kommen würde, zwar hatte ich keine Ahnung, wie es sein würde, aber es war ein neues Kapitel. Das war ein neuer Anfang. Das alte Leben hatte ich zurückgelassen, was mir davon blieb, waren zwei Gepäckstücke. Das gefiel mir, das war ein schönes Gefühl.

Was mir stets an den Reisen gefallen hatte, waren der Aufbruch und das Ankommen, das waren die besten Momente einer Reise, wenn man zu etwas aufbrach und wenn man an einem neuen Ort ankam. Das war das Leben, Aufbruch und Ankommen, das machte mich lebendig, ich musste in Bewegung sein, wie ein Haifisch, der nur atmen kann, wenn er sich bewegt, und vielleicht würde man immer wieder aufbrechen müssen, um anzukommen, vielleicht war das die Reise, die uns lebendig hielt. Nach vorne war alles offen, wie das riesige Meer an diesem Tag in Broome an der australischen Westküste, ich war nun 26, und es war alles offen, ich fühlte mich befreit. Von da an sollte das Leben ein anderes sein. Spanien würde eine ganz andere Zeit werden, und wenn man dastand mit nichts außer zwei Gepäckstücken, würde man nicht im Traum erahnen, was kommen würde. Ich hatte nur eine Ahnung, dass sich alles ändern würde, und ich mochte dieses Gefühl, es hatte mir schon immer gefallen. Ich freute mich darauf und schaute in den Himmel, *de Madrid al cielo,* von Madrid in den

Himmel, hatte ich irgendwo an einer Hausfassade gelesen, was so viel bedeutete wie nirgends lebt es sich wie hier.

Seit dem Tag meiner Ankunft in Madrid waren inzwischen bald zwanzig Jahre vergangen, ich ging raus auf die Terrasse der Wohnung mit einer Tasse Kaffee, wie ich es jeden Morgen machte. Der Himmel an diesem Morgen war orange, in der Ferne zeichnete sich das Relief der Berge wie eine Bleistiftzeichnung ab, es ging wieder ein Wind, so vergingen die Tage im Januar. In der Nacht hatte ich Besuch gehabt, sie hatte bereits früh den Zug genommen, und ich war noch liegen geblieben. Ich schlief nochmals ein, und als ich erwachte, war es ganz still, ich hörte nur den Wind, wie er fein über den See zog. Der Morgen trug eine Ruhe in sich, ich stand auf und legte irgendwann ein Lied von Nick Cave auf, *Far From Me* hieß das Lied, ich mochte Nick Cave, es gab eine Zeit, in der ich viel Nick Cave hörte, ich entdeckte ihn erst spät durch den Film *20 000 Days on Earth,* und als ich nachschaute, von wann der Film war, war ich etwas erstaunt, dass der Film bereits vor sieben Jahren erschienen war. Was intensiv war, das überdauerte die Zeit, diese Zeiten kamen einem näher vor, als sie wirklich waren. Am Abend hatten wir gekocht und gegessen und waren lange auf dem Sofa gelegen, ohne etwas zu sagen, wir waren nur dagelegen und hatten nichts gesagt, sie blätterte in einem Buch, und ich dachte an die Zeit in Australien, ich hatte mir die Haare millimeterkurz geschnitten am Abend, bevor ich losgeflogen war. Ich hatte alles dagelassen und war gegangen. Und wenn man geht, ist es im ersten Moment, als sei man im freien Fall, da ist nichts mehr, das einen hält, es gibt keine Strukturen, die einen auffangen, man fühlt sich nackt und etwas unbeholfen. Ich dachte an die erste Nacht, als ich in Perth erwacht war mit dem Gedanken, nun bist du auf der anderen Seite der Welt, weiter weg kannst du nicht sein, und vor dir ist ein ganzes Jahr. Und ich war hungrig, ich wollte da raus und die Welt sehen, ich wollte alles aufsaugen und all die Städte besuchen, die ich nur vom Namen her kannte. Und vielleicht würde man irgendwann zurückkehren, aber um das zu machen, musste man zuerst gehen.

Es war Ende Januar, und ich stand auf der Terrasse und schaute über den See. Die Tage wurden inzwischen wieder länger. Die Lage in der Welt entspannte sich allmählich, so machte es den Anschein. Eine neue Zeit brach an. Was kommen würde, wusste man nicht, ich freute mich aber darauf. Aber zuerst würde ich noch mein Versprechen einlösen und die Mutter auf eine Tour mit dem Porsche über die Pässe mitnehmen, sobald der Frühling anbrechen würde und die Pässe wieder offen waren. Wir hatten uns dabei amüsiert, als wir uns das ausmalten, während wir im Restaurant gesessen waren am See und was Feines gegessen hatten letzten Sommer. Das war ein sehr schöner Moment gewesen mit der Mutter, wie wir da saßen und aßen und lachten, und irgendwie war alles gerade schön und leicht, und ich hatte ihr versprochen, mit ihr über die Pässe zu fahren mit dem Porsche, sobald der Frühling anbrechen würde, und das würden wir jetzt einlösen.

Roman
Aus dem Japanischen von Thomas Eggenberg
192 Seiten
Auch erhältlich als eBook und Hörbuch-Download

In einer Regennacht findet ein junger Mann in den Straßen von Tokio eine Leiche – und neben ihr einen Revolver. Nishikawa nimmt die Waffe an sich und entwickelt schon nach kurzer Zeit eine unheimliche Obsession. All seine Gedanken, sein ganzes Leben kreisen um das perfekte kleine Wunderwerk. Und um die vier Kugeln, die sich noch immer in der Trommel befinden. Irgendwann ist es nicht mehr genug, die Waffe zu besitzen. Er muss sie abfeuern.

256 Seiten
Auch erhältlich als eBook

Essays, Gedichte und Reden über Literatur und Kunst: Über Else Lasker-Schüler, über Lieblingsgedichte, über den Sinn der Dichtung in unserer Zeit, über die Schriftstellerei als Beruf, über den Film im Verhältnis zur Schriftstellerei, über Balzac, über Paul Flora, über Varlin, über Tomi Ungerer, über die eigenen Bilder und Zeichnungen und vieles mehr.